詩集

日々をつむぐ

鈴木　啓世

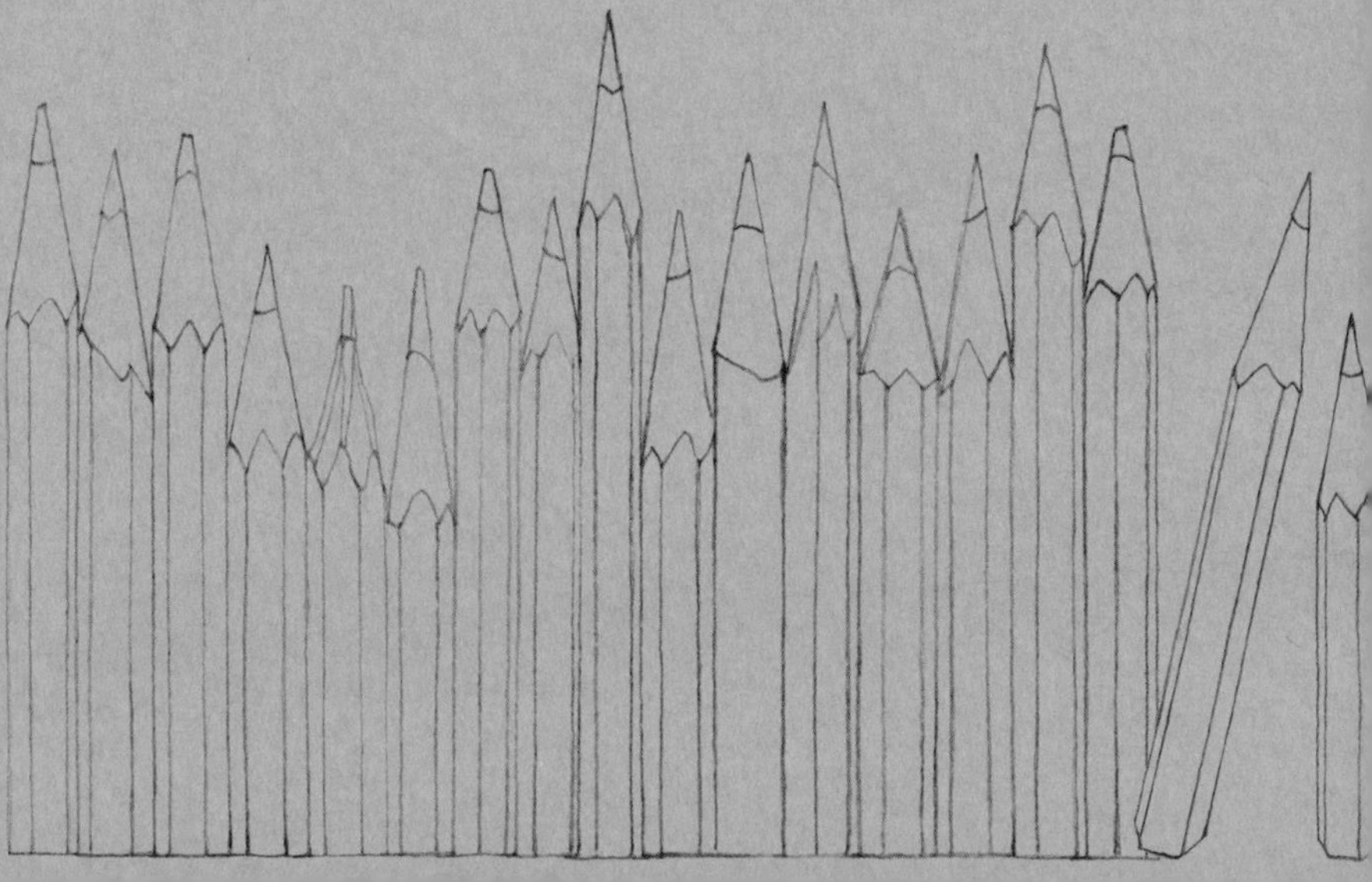

日々をつむぐ——目次

兄の詩集に寄せて

兄、啓世と私が子どもの頃、家の周辺はまだ舗装されていないところが多く、でこぼこ道に草が所々生えていた。田んぼを通る風やあぜ道の草花が季節の移り変わりを教えてくれる、そんな場所で私たちは育った。稲刈りをした後の田んぼは最高の遊び場所で、そこで、キャッチボールや三角ベースをして走り回り、米を収穫した後の積み重ねた稲わらは秘密基地となった。そして、西の空が赤く染まりだすと、大きく息を吸い込みながら、夕日が沈むまで兄と一緒にじっと見ていたことを思い出す。

一方で兄は、小さい頃から絵を描くのが好きだった。紙と鉛筆があれば、何時間でも絵を描いて遊んでいた。横で見ていると、次々と描き上げるものは今にも動き出しそうで、魔法の鉛筆で描いているのかと思えた。ある日、当時小学生だった兄は、私たちが育った古い家の白い漆喰壁に、なんと大胆にも落書きをしたのである。堂々と鉄人二十八号（当時の人気漫画のロボット）が拳を突き出して飛んでいた。小さな紙に描いたものよりも断然迫力がある。私は、上手い!!と思いながらも、兄は絶対に怒られると思った。が、予想に反して、父も母も何も言わなかった。それどころか、母は落書きの腕前を褒めていたように思う。兄は絵を褒められると、特に何も言わず、ほんの少し微笑んでうれしそうにしていた。大人になってからも、兄はずっとそうだった。

中学生になり、兄は父に油彩道具を買ってもらうと、油彩画を自己流で描き始めた。父と母は子どもたちのやりたいことを尊重し、見守ってくれる大きな存在だった。

父は明るく社交的で、家族を大切にする働き者だった。優しいけれども家族を守る強さがあり、温かさに溢れていた。そして、母は人前に出ることが苦手だが、芯のしっかりした愛情深い人である。幼いころに大切な人を亡くし見送ってきた母には、いかなることも静かに耐え、乗り越えてきた強さが感じられる。私たちは、日常の何事にも感謝し、仏壇に手を合わせる母の背中を見て育った。兄はこのような両親のこころを受け継ぎ、そして、ふるさとの自然のいとなみをこよなく愛おしんでいたのだと、私は兄の詩集で改めて深く知るのである。

その後、兄は美大に進み、留学を経験し、様々な人と出会い、感性を深め広げながら、二十代三十代は抽象的な作品を制作していた。三十代後半頃から、兄の作品は徐々に穏やかに、そして命の息づかいの感じられるものに変わっていったように思う。

一九九九年、兄が四十歳を迎える年に、まんのう町のホールにプロのオーケストラを招いて「森のコンサート」の企画が始まった。音楽と絵と言葉による表現の融合を目指したこのコンサートとの出会いが、絵だけでなく、音や言葉による表現の世界へと兄を導いてくれたように思う。ここで音と映像とナレーションを使ったプログラムを担当させてもらったことが、兄が詩を書き始めるひとつのきっかけになったのではないかと想像する。

この頃から兄は作品を水彩で描くようになり、姪っ子たち（私の娘たち）をモデルにして、続けて制作していた。二〇〇一年の「小さな命・まなざし」をテーマとした絵画展では、作品の子どもたちの純粋で生き生きとした表情が印象的で、どの作品からも子供たちの視線の先からやさしく見護るまなざしが強く感じられた。そこからは微笑ましい話し声が聞こえてくるようだった。

「森のコンサート」は毎年開催され、十四回目を迎えようとしていた二〇一二年の一月、準備期間の最中に、不調を訴えていた兄の身体に大きな病が二つ見つかり、治療中心の生活をせざるを得なくなった。大きな手術の後、筋肉の衰えとともに、一時は指先も十分使えず、回復に焦りを感じる日々が続いた。しかしその辛さや苦しみよりも、もっと生きたいという思いが強く込み上げてきたのだと兄は言っていた。当たり前だと思っていたことがみんな当たり前ではなくなった、そんな思いをしずかに噛みしめながら、兄は懸命に治療やリハビリに取り組み、日常生活ができるまでに回復した。

何度も入退院を繰り返した兄だが、入院のたびに何よりも気にしていたのは、窓際のベッドを確保できるかどうかということだった。兄に言わせれば、首尾よく窓際のベッドにおさまり、さらに窓からの景色が雨模様ならこころが落ち着くのだそうだ。普段も「雨の日はわくわくする」などと言って、本当に雨の好きな兄だった。数日間続く点滴治療の時には、「今日からまたポチや」と、つながれた犬に自分をなぞらえて苦笑いしたりしていた。病室ではテレビを全く見ず、「せっかくこんなに自由に使える時間があるのに、もったいない」と少し微笑んでいた。病室の窓から遠い空をながめて、いつも応援してくれている親しい人たちと過ごす楽しい時を思いながら、兄のこころは旅をしていたのかもしれない。どんな状況でも完治すると信じ、命の尊さを噛みしめていた兄も、一方では常に、自分の人生が終ることへの不安と闘っていた。そして、一日一日を丁寧に、まさに「つむぐ」ように、愛おしみながら生きていた。

二〇一五年四月、容体は快方に向かっていると思っていたのに、突然、治療不可能と告げられた。自分にはあまり時間が残されていないと分かった兄は、「生きている限りやりたいことをやっていたい、まずは本を作りたい」と言い出した。書き溜めた詩を本にしたいと聞かされたとき、私は正直驚いた。詩集とは予想外だった。B5ファイルに綴じた大量の詩を渡されて、二度驚いた。そして初めて兄の詩を読むと、忘れていた子どもの頃の景色や日常のやさしい音や色が私の中でしずかに広がり始め、三度驚いた。

友人の協力を得て詩集の編集を始めた兄はとても生き生きして見えた。頭をかかえながらも楽しそうで、ずっとこのままでいてくれたらと思った。兄はこの時、「病気になったことは悔やんでいない。生きたいと思って、自分を見つめ直して、こうやっていろんな人に助けてもらって、周りの人に感謝できるのは、病気になったおかげやと思う」と充実した顔を見せてくれた。そして「もう少し、時間があったらなあ……」と体力が落ちたことを気にし始めた。

二〇一三年頃から、兄は小さなスケッチブックに、身の回りの物をモチーフにして鉛筆画を描き始めていた。制作活動を再開する準備運動のつもりだった。ゆっくりと丁寧に引かれる繊細な線は、引き直すことなく、一度で目の前のものを紙の上に蘇らせる。やっぱり兄は魔法の鉛筆を持っている、と私は思った。亡くなる二週間前まで兄は毎日鉛筆画を描き続け、その数は四〇〇枚以上に上る。この詩集のカットはすべて、その鉛筆画を使った。

今年、二〇一五年の六月十三日は兄の五十六歳の誕生日だった。前日にいとこからもらったさくらんぼを食べようとテーブルにつき、母と私はさっさと食べ始めた。兄はさくらんぼをながめていたかと思うと、丁寧に一つ一つ向きを変え、もう一度じっくり見て、いつものようにスケッチを始めた。これが兄の最後の鉛筆画となった。「子どもとわたし」の扉ページのカットである。

この詩集の「思い出」の中に「桔梗（父の亡くなった日に）」という詩がある。去年の夏、兄は自分で、一輪花の開いた桔梗の小さなポット苗を買ってきた。植え替えるでもなく、玄関先の植え込みの端にそっと置いていた。一輪が咲き終えるともう勢いはなく、そのままひっそりと株だけがそこに残った。兄が残念がっていたことを、私は後になって母から聞いた。

六月二十七日、兄の亡くなる三日前、玄関先の植え込みを見て私は息を呑んだ。

枯れたと思っていた桔梗の株に、つぼみが三つついていた。兄の詩を読んで、桔梗は父の花という気持ちが芽生えていた私は、父が見護ってくれていると改めて感じ、思わず手を合わせた。次の日、父の桔梗が一輪咲いたことを兄に告げると、兄は安心したような表情を見せてくれた。

六月三十日、兄が亡くなって夜が明けた朝、雨の中、二輪の桔梗が並んで咲いていた。これはただの偶然かもしれない。しかし、母と私は兄の遺してくれた詩によって、小さな花に励まされ、穏やかな気持ちになれた。当たり前と思っている自然の日々のいとなみがすべて、こんなにも有り難く尊いものだということ、そしてそれをすぐに忘れてしまう自分がいることに気づかされる。大切なものは、ほんとうは目には見えなくて、いつも変わらない。兄の遺した詩を読むとき、兄の生きる姿勢が、今を生きている私のこころの支えになってくれるように思う。

二〇一五年八月二十九日　　三好　真理

めぐる季節

四季

春　風光る黄色と緑色　野の道を歩く

夏　朝靄《もや》の森の中　薄紫色に映る水鏡

秋　透過する光　柿色に風景を染める

冬　窓辺の微光《ひかり》　雪の白色《しろいろ》で便《たよ》り読む

四季の風

菜の花そよぐ春の風
青葉騒ぐ夏の風
紅葉《もみじ》舞い散る秋の風
音擦《す》れあう冬の風

田んぼの風

春吹く風は土の匂い
夏吹く風は青田の匂い
秋吹く風は稲の匂い
冬吹く風は氷の匂い

風景の衣替え

昨日までの茶色の風景
今日は桜模様に衣替え
山に浮かぶ雲のよう
雲は風とお喋《しゃべ》りして
空の青に遊ぶよう
お喋り声が聴こえるよう
草木も誘われ目を覚まして
あっちから　こっちから
お喋り声が聴こえるよう
そっと耳を澄ませてみてごらん
ほら　風景のオーケストラ
聴こえるよう　見えるよう
風景はすっかり春色になる

朝 昼 夕《ゆうべ》

朝に　どんより雲から雨粒《あまつぶ》が点々と落ちてくる
昼に　雲はだんだん千切《ちぎ》れて陽射し暑く青田眩《まばゆ》い
夕に　風が明日《あした》の雲を連れてきて蛙が鳴き始めた

晴れ時々曇りのち……

大きな雲　小さな雲
いろんな形をした雲たちが
上の空と下の空で動いている
上の空では大きな雲が
陽射しをいっぱい光らせて
ゆっくりゆっくり歩くよう
下の空では小さな雲が
影色お腹《なか》をこっちに見せて
急ぎあわてて走るよう
みんなが集まると曇りになって
別れていくと晴れになる
風の気まぐれ　雲の気まぐれ
少し伸びた青田の中では
蛙たちが雨を待って鳴いてる

蝉

今日の朝　はじめて蝉が鳴いた
草の中から聞こえていた夏虫の
静かで小さな音でなく
熱い空気を突き破る
大きく響く　真夏の音
たった一匹ではあるけれども
十分に夏の真ん中の到来を
力強くまわりの風景に告げていた
舞台の主役が登場すると
季節の色は光になった

『夏の夜に』

星たちは天に大きく絵を描き
地上では街の灯《あか》りが夜を彩る
夏の夢物語の扉が開く
一夜だけの光が舞い
一夜だけの色が踊る

八月の風

白い雲　朝から南の空にモクモクモク
赤色とんぼ　白い光の中をスイースイ
田んぼの稲穂　こっちこっちと手招き
神社の木々　蝉と一緒にザァワザァワ
海水浴　白波がチャプチャプジャブン
午後の窓辺　静かに風鈴がチリリーン
夕方暑さに疲れた胡瓜《きゅうり》の葉　サワサワ
お祭りの夜店　風車《かざぐるま》がクルンクルクル
線香花火　残り火が揺れて跳《は》ねて香る
鈴虫の音色《ねいろ》　涼やかに頬から耳に届く
うろこ雲　少し月に重なり透明になる

稲妻が走る……

稲妻が走る……
さっきまであんなに熱くはしゃいでいた大気が
今は静まり返って　おとなしくじっとしている
その時突然　風のやつがやって来て
そんな大気をからかっていく
激しい光を誘いながら　西へ　南へ　東へ……
そして北へ舞う
ほこり立つ庭　屋根　田んぼ　道
そこに天が水撒《ま》きする
雨の匂い　夕方の匂いでいっぱいになる
サーッと　ふたつの季節が匂い立つ
居場所を無くしたツクツクボウシが
家の壁で　今年はじめて鳴きだした

草刈りの時に

南の空に　もくもくと　大きな入道雲
夕方の光に反射して　右半分は朱《あか》く輝き
左半分は　空を透かして　透明な水の色
それを草刈りの手を休め眺めていると
雲の色はだんだん薄くなる……
かたちも　もくもくでなくなった
汗をかき脱いだ麦藁《むぎわら》帽子が朱色に染まる
ふーっとひとつ　息をはくと
見上げた朱色の空　一本の飛行機雲が
すーっと伸びる
草を燃やす　その朱色が私を照らしはじめる
飛行機雲の行った先から涼しい風が頬に届く
薄暗くなった　田んぼのあぜ道　あちこちで
蟋蟀《こおろぎ》　鈴虫　鳴いている

月色が明るく太陽に代わって空に輝くと
昼間の暑さが小さな過去になった

八月二十日

朝からいっぱい蝉が鳴いている
昼はもっといっぱい鳴き出した
そしたら風景は動かなくなった
蝉だけが鳴いている
空の太陽がギラギラ威張って
熱く白く風景を閉じ込めた
サルスベリの花も田んぼの稲穂も
我慢してるように動かない
軒下の風鈴もチリンともいわない
それからずいぶんと時間がたって
太陽が西の空へ帰る頃
一羽の雀が睡蓮鉢の水を飲みに来て
やっと風景が動き出した
蝉は何処《どこ》かへ行っちゃって
草の中秋虫たちが鳴き出した

残暑の午後

残暑の午後　山に向かう
見上げる空　青く高く
遥《はる》か南の雲　山に低く
蝉の声　何処《どこ》までも響く

緑多くなり　なお光白く
山道を登れば　雲空覆う
早作の田んぼ　稲刈の跡
風が吹き　雨の匂い

夕暮れに　山を下りる
左頬に夕日　右頬に風
突然の雨　二色の空
雲が去り　季節が変わる

通り雨

陽が沈みかけた頃　南から風が吹いてきて
あっという間に灰色の雲が低く天を覆った
その瞬間大粒の雨が地を叩いて降ってきた
雨水は乾ききった土の中に一気に滲《し》み込んで
すぐに水溜りになって流れ出した
色褪《あ》せた草木は目覚めたように色を深くした
昼間の地熱が天へと舞い上がると
涼しい風が西から吹いてきてそれを冷ました
見ると灰色の雲はもう遥《はる》か遠くに去っていて
天空には星たちが瞬《またた》いていた
足元の濡れた草の中から一匹のコオロギが
ルーコロロ　ルーコロロ　鳴きはじめた

晩夏の日暮れ空に

日暮れに西の空の雲は桃色に染まる
空は透明に近い乳白色　夏を見送る色
しだいに空は青緑色に重なってゆく

八月二十四日

朝
窓からのひんやりとした風に目が覚める
タオルケットの下で大きな伸びと欠伸《あくび》
明るくなってきた窓を閉めて二度寝する

昼
入道雲を今日も背負《しょ》った山の道を歩く
早い田んぼはもう稲刈りして裸ん坊
山は季節を急いでいる　早い秋を彩りながら

夕
裏木戸を出ると　冷めた風が私を慰める
星たちが瞬《またた》く空の向こうにわずかな陽の色
あぜ道では夏虫と秋虫が季節を奏でている

『夜の涼みに』

夜の涼みに見上げた夜空
白く輝く月　まわりに遊ぶ雲
わずかな風に揺れて落ちる雨粒《あまつぶ》
玄関の灯《あか》りに集まるヤモリ
食事に来たか　雨宿りか
田んぼの蛙が小さく鳴いて
あぜ道のコオロギが返事してる
遠くの雷鳴に風鈴が揺れるよう
色々に夏と秋が重なってみえた

小さな夕立

突然に灰色雲が現れ雨粒《あまつぶ》が落ちてくる
静かに地に点々を描いていく
しだいに雨粒は連続して線になって
激しく地面を跳《は》ねて水溜りになる
見上げた山の頂が雲の帽子でかくれんぼ
瞬《まばた》きするように空が光り遠くで空が吠える
西風が吹いて灰色雲は飛んで
あっという間に青緑色の空が現れた
まるで空の水溜りのよう
橙《だいだい》色の夕陽が斜めから射してそれを染めた
天と地のふたつの水溜り……合せ鏡
夏と秋を映している

三日月

見上げる夜空に三日月
細く鋭く光っている
その隣りにちょっとまあるいお月さんが
うっすらほのかに光っている
三日月は太陽の光
まあるいのは地球の光
ひとつのお月さんにふたつの光

重なる季節（夏と秋）

軒下に小さく残る朝顔たち
庭先に開くリンドウの花
南の窓から蝉の声
北の窓から蟋蟀《こおろぎ》の囁《ささや》き
陽射しは木々を熱く照らし
その葉を揺らす風は爽《さわ》やか
突然の夕立に驚き
静けさに響く蜩《ひぐらし》に聴き入る
縁台の蚊取線香に火をつけ
湿った花火に思い出が灯《とも》る
浴衣《ゆかた》姿の妹に誘われ
母はショールをはおり
一緒に夜空を見上げる
白鳥座やさそり座たちが

名残惜しそうに天を渡っている
しばらくして青く光る月が
夜空をひとり占めにした

長雨が止んで

二階の窓から空を見上げた
長雨が止んで　風が吹きだした
雲が飛んで　空の水溜りが
あっちこっちに見えてくる
池になり　湖になって　海になる
ザワッ　ザワッザワッ　音がする
窓の下で梅や椿や花梨《かりん》たちが
濡れた体を揺すっては
葉っぱの水玉を撥《は》ねている
すると夕陽が輝き出して
キラキラキラキラ光らせた
遠くの声に顔を上げると
幾つか水溜りのできたあぜ道で
学校帰りの小学生が遊んでいる

風景はみんな柿色に染まる
どこかで秋虫たちが鳴きだした

うろこ雲

空をみあげたら　うろこ雲
なぜか空気もひやっこい
昨日の雨が季節を変えたか
田んぼの稲も涼しげだ
夕暮れお陽さん橙色《だいだい》
景色もみんな橙色
橙色の草の中
秋虫たちのオーケストラ
ルルルリ　リルル　ルルルリル
輝きはじめた星たち
キラキラキラキラ耳澄ましてる

いつの間にか……

田んぼのカエルが鳴かなくなった
ツクツクボウシもどこかに消えた
玄関のヤモリが姿を消した
蚊取線香もいらなくなった
草の背丈が短くなった
庭の風が涼しくなった
影のかたちが長くなった
午後七時　夕焼け空が星空になった
もう秋　いろんなことが変わっていく

稲刈り

朝から稲刈りの機械音が聞こえてくる
一緒に乾いた稲わらの匂いも窓に届く
田んぼの秋の　真ん中の音　真ん中の匂い
黄金色《こがねいろ》で賑《にぎ》やかだった田んぼが裸んぼう
お百姓さんの袋の中にはお米がいっぱい
雀たちもピリュルチュチュッと飛び回る
何処《どこ》にいるのか蟋蟀《こおろぎ》や鈴虫　秋の虫たち
とっても嬉しそうに楽しそうに奏でてる
季節に迷子になったかツクツクボウシが
昨日遊んだ無花果《いちじく》の木で小さく声震わせた

祭りの後に

昨夜の祭りの音が夢のよう
朝の境内は冷えた空気が
静けさに耳を澄ませている
見上げた木々の間から
薄明るい空が浮かび上がる
目を覚ました雀がチュンと鳴いて
じっと動かなかった空気を震わせた
何処《どこ》からか冷やっこい風が吹いてきて
木々の葉っぱをわずかに揺らす
しばらくは時のはじまりに身をゆだねて
見晴らしのいい境内の石段に座っていた
気がつけばだんだん朝寝坊のお日様が
柿色金木犀《きんもくせい》をキラキラ輝かせて
秋をいっぱい香らしはじめた

十五夜

十五夜に寝床へ入り目を閉じると
庭の秋虫が鳴いているのが
昨日より高く大きく聞こえてくる
ルルルーリリリールルルーリリリー
まるで詩《うた》を歌っているように
お月さんとお喋《しゃべ》りしているように
音の花が次から次へ開くように
楽しそうで軽やかで賑《にぎ》やかに響いてくる
今は世界中のすべての音が消え去って
秋虫だけが地上で鳴いている
目を閉じたまま聴いていると
秋虫のいる暗い草むらの上の空に
十五夜のお月さんが見えてきた
それはとても眩《まぶ》しくて美しかった

金木犀《きんもくせい》

お宮さんから鐘や太鼓が聞こえる午後に
その甘い香りは庭先でいっぱいに薫《かお》りだす
陽射しが穏やかに風景を温《あたた》めはじめると
衣替えを始めた木々たちもウトウトと
気持ち良さそうに小さな風に揺れている
お陽さんの色がその花色よりも朱《あか》くなる頃
お祭りの音は止んで風景は一変してしまう
その花は色褪《あ》せ　地に下りて身を寄せ合い
その木は冬の足音に耳を澄まして立ち尽す

草焼き

草刈りのあとに
草を集めて火をつける
草の焼ける匂いがする
夕暮れの冷たい空気に
パチパチと火音《ひおと》が響く
静かな風景の中に
ただ火音だけが聞こえる
あたりはだんだん暗くなる
火色《ひいろ》がだんだん光りだす
風が起こり火色が揺れる
陽が落ちて暗くなると
火色と火音も小さくなった
最後に小さな残り火たちは
秋虫たちの声と一緒に
しばらく瞬《またた》きつづけた

夕暮れの空に

昼間に北風が吹き
時々冷たい雨が地を叩いた
うす暗い空に太陽は
一日中迷子になっていた
ランドセルの子供二人が
遠回りしてあぜ道を帰る頃
居場所を見つけた太陽が
急に北の空を明るくした
大きな千切《ちぎ》れ雲たちが
ガヤガヤと集まって来て
オレンジ色に温《あたた》まる
長く伸びた二つの影も
嬉しそうに跳《は》ねるよう

秋の夕暮れ　冬の訪れ

秋の夕暮れ　冬の訪れ
その色枯《いろが》れていく風景の中
若者は落ち着きと安らぎで心満たす
その凍える冷たい空気の到来に
若者は自らを温《あたた》めて
その温度差を楽しむ

秋の夕暮れ　冬の訪れ
その色枯《いろが》れていく風景の中
老人は無常と不安に怯《おび》える
その凍える冷たい空気の到来に
老人はひたすら耐えようと
身を硬くして震える

今日の夜空

今日の夜空は吸い込まれそうだ
北も南も西も東もいっぱいの星
天に拡がる透明な海の中で
貝の宝石が無数にちりばめられて
月の光に輝いている
月も海に輝いている

夕暮れに窓から

二階の北の窓から夕暮れの風景を見ている
家や田んぼは柿色の陽射しに冷たく光っている
大きな白い雲たちも背中をいっぱい光らせて
西から東へゆっくりのんびり帰ってゆく
ランドセルの子供たちが道草して帰っている
風景とその影の色がだんだん濃くなってきた
気づくと部屋の中は真っ暗　灯《あか》りをつけた
すると一層窓の外が日暮れて見えた
西の空の少し上に白く輝きだした宵《よい》の明星
だんだん風景は藍《あい》色に染まりはじめる
夕色がだんだん冬色になっていく

雨が降る

雨が降る

雨が川に降る
ピチョ　ピチョ

雨が梅の木に降る
カサ　カサ

雨が屋根に降る
パラ　パラ

雨が庭に降る
シト　シト

雨が傘に降る
ポツ　ポツ

雨が降る

もう冬だ

陽が落ちる頃に
大きな青黒雲《あおぐろぐも》が
北の空からこっちに向かって
急いで駆けてくる
すぐ上の白い雲の隙間には
まだ青い空がいくつか見える
雨になるまでにはもう少し……
そう思った瞬間に
風が強く吹き出して
空気が冷たくなってきた
天気が動くぞ
明日の風が寒さを運んでくる
もう冬だ

冬のお正月

風の音で目が覚める
叫んでいるような　泣いているような
冬の音

陽射しに誘われ庭に出る
私の体を透明に包んで光り
昨日より長い影をつくる
冬の温《ぬく》もり

半纏《はんてん》はおり散歩する
北の空は西から東へ雲を生む
赤紫の夕空に青紫のはぐれ雲
冬の色

今日は冬のお正月

冬の夜空

冷たく張りつめた空気の中
氷の風が駆け抜ける
夜空がフーッと白い息かけ
こっちを見下ろし　笑うよう
オリオン　カシオペア　北斗七星
夜空に深く冷たく光らせながら
昼間の埃《ほこり》たちは凍りつき
地上に落ちて光るよう
冬の夜空は恐いくらいに美しく
命がいっぱい輝いている

冬の風

風が風景を揺さぶり驚かす
木々はざわめき立ち
水は慌《あわ》てて　騒ぎ出す
空では雲が争って走り出し
人は身を屈《かが》め硬くして
一歩後退《あとずさ》りして耐えて慄《おのの》く

梅

春
じっと我慢していた固い蕾《つぼみ》が膨らんで
やがて枝に小さな花がいっぱい生まれた
夏
緑の葉がガヤガヤ茂って枝を隠す頃に
中ではいっぱい梅の子らがカクレンボ
秋
黄　赤　緑と枝を鮮やかに彩る葉っぱたち
夕陽の朱色にキラキラいっぱい笑ってる
冬
風が吹いて葉っぱは地や水に落ちていく
残されたいっぱいの枝は寒さに震えてる

窓辺の詩《うた》

暑い夜　窓から蛙の鳴く声が聞こえてくる
雨かと窓に寄りしばらく暗闇で涼《りょう》を楽しむ

月の光にコオロギの鈴の音が蒼《あお》く響き
小さな風が庭草の香りを届けてくれる

寒さに白く凍った窓ガラスの向こう側
雪ん子たちの遊ぶ声　シンシンと雪の音

昨日の蕾《つぼみ》が花になり　窓を開けると香る梅に
メジロたちの遊ぶ声が早い春を歌っている

あなたへ

あなたへ

小走りに手を振る姿
風に遊ぶ黒髪
普段着のお洒落《しゃれ》
サンダル履《ば》きでかける
時々振り向く眼差《まなざ》し
立ち止まり　後ろ手に隠す仕草《しぐさ》
片頬膨らました口元
大きなスイカを齧《かじ》る笑顔
全部大好きです

夏の夕《ゆう》に

部屋には三つの窓がある
西と東と　そして北に
あなたは　北を向いている
その窓から眺める風景は
傾く太陽が青田を熱く照らしている
西から東へ一筋の風が通り過ぎ
汗ばみかけたあなたの首筋を
気まぐれに撫《な》でていく
あなたは　細く白い指先で
浴衣《ゆかた》の襟《えり》を　わずかに崩《くず》す

曼珠沙華《まんじゅしゃげ》

上目遣《づか》いに首をかしげ
遠慮がちに　こっちを見ている
微笑《ほほえ》んでいるのか　震えているのか
とてももどかしく　とても繊細に
だけどいつも凛《りん》としている
曼珠沙華とあの人　よく似ている
どちらも私を決して近づけず
私は遠くから見つめるだけで
鼓動だけが静かに響いている
そして時だけが無常に刻まれていく
後ろ手に見えるその赤の鮮やかさ
一時《いっとき》のその花の色のように
壊れそうな深き瞳と透明な肌の美しさ
いつまでもと願う儚《はかな》さよ

鬼灯《ほおずき》の詩《うた》

浴衣《ゆかた》の青　眩《まばゆ》くこころに染み入る
下駄《げた》の音　涼しげにこころ弾む
すれ違う風　愛《いと》おしくこころ奏でる
夜店の風車《かざぐるま》　いっせいに舞う
時が重なる　過去　現在　未来
風車が時を急《せ》かすよう
こっちを向いて笑っている君の
手に持った鬼灯の赤色が今を染める
わざと通り過ぎ　振り返る君のそば
季節は変わる　時が変わる

マフラー

遠い記憶のマフラーがほしいと
私はあなたに手紙を書いた
十日が過ぎた日の午後に小包が届いた
懐かしい文字で書かれた私の名前と
その下に小さくあったあなたの名前
封を切る　香りが舞った　風が舞った
記憶が舞った　時が舞った
マフラーと一緒にあなたの便《たよ》り
右上がりのあなたの癖
元気そうで良かったと
元気そうなあなたの言葉
ちっとも変わらないあなたがいた
過ぎた時を刻むように
私はひと文字ひと文字

何度もなどった
白く乾いた風が私に吹いた
私はゆっくりマフラーをしてみた

雪《ゆき》葉《は》

立ち止まり　振り向く君に
雪葉が舞う　秋から冬へと
時は刻まれ　季節は変わる
時は振り向かない　立ち止まらない
雪葉は変える　その風景を
冬の匂い　冬の色　冬の音に
季節の後ろ姿を追いかける私に
青紫に冷たく光る北の雲が
雪葉を静かに舞い散らせる
震える心に沁《し》みいるものは
今年初めての薄紫の北風の匂い
君を包んだショールの赤色を
舞い落ちる雪葉が静かに消していく
やがて雪葉は君の後ろ姿も見えなくして
時を急ぐように　季節を変えていく

電話

あなたから　電話がなった
声を聞いた瞬間に
わたしの心は柔らかくなった
心配も苦痛も不安も……
すべての負の思いは
どこか遠くへ飛んでいった
調子にのって　ひとこと言った
そしたらあなたは黙ってしまった
また心が固くなった

ひとり芝居

わたしは心の想いを
一生懸命あなたに語る
あなたは時々わたしの声に
無表情に相槌《あいづち》をうつ
だんだんわたしは有頂天《うちょうてん》になって
自分の言葉に酔ってくる
わたしはひとり夢の中
あなたはだんだん遠くへいく
そうとも知らずに頑張って
語り続ける自分の声で
わたしはようやく夢から覚める

北の雲

「あなたのことを色々いっぱい考えて
あなたをこんなにも想っているのに
私のことなど何にもわかってくれない」
と……苦しみ悩んでいる私の頬を
北の風がぶっていく

「苦しみ悩んでいるあなたのことを
これっぽちも気付かずに自分のことだけ
可哀《かわい》そうと想っていた馬鹿な私」
赤紫の大きなお腹《なか》をかかえて
北の雲が笑っている

ピエロ

どんよりとした曇り空
あんなに綺麗《きれい》だった星空を
どうして隠してしまうのか
軽やかだったわたしのこころを
不安と失望が支配するように
宙《そら》は重く暗く私に迫ってくる
あんなに明るく笑顔をみせた
あなたのこころは雲に隠れた
今にも落ちてきそうな天の水
ひそかにながすこころの水
どちらも冷たく重く
わたしのこころを濡《ぬ》らすだけ
天の水はしらんぷり
心の水はひとり芝居

宙《そら》を見上げて気づいたことは
ひとりぼっちなわたしはピエロ

気遣《づか》い

あなたを想っていた私は
本当は自分を想っていた
あなたと話がしたくて
あなたを気遣うふりをした
それをあなたは気づいていて
やさしく気遣われるふりをした
実はあなたに気遣われていた私
私があなたを気遣うたびに
ふたりの間は遠く離れた
それに私が気づいた時は
あなたの姿は何処《どこ》にもなかった

日々をつむぐ

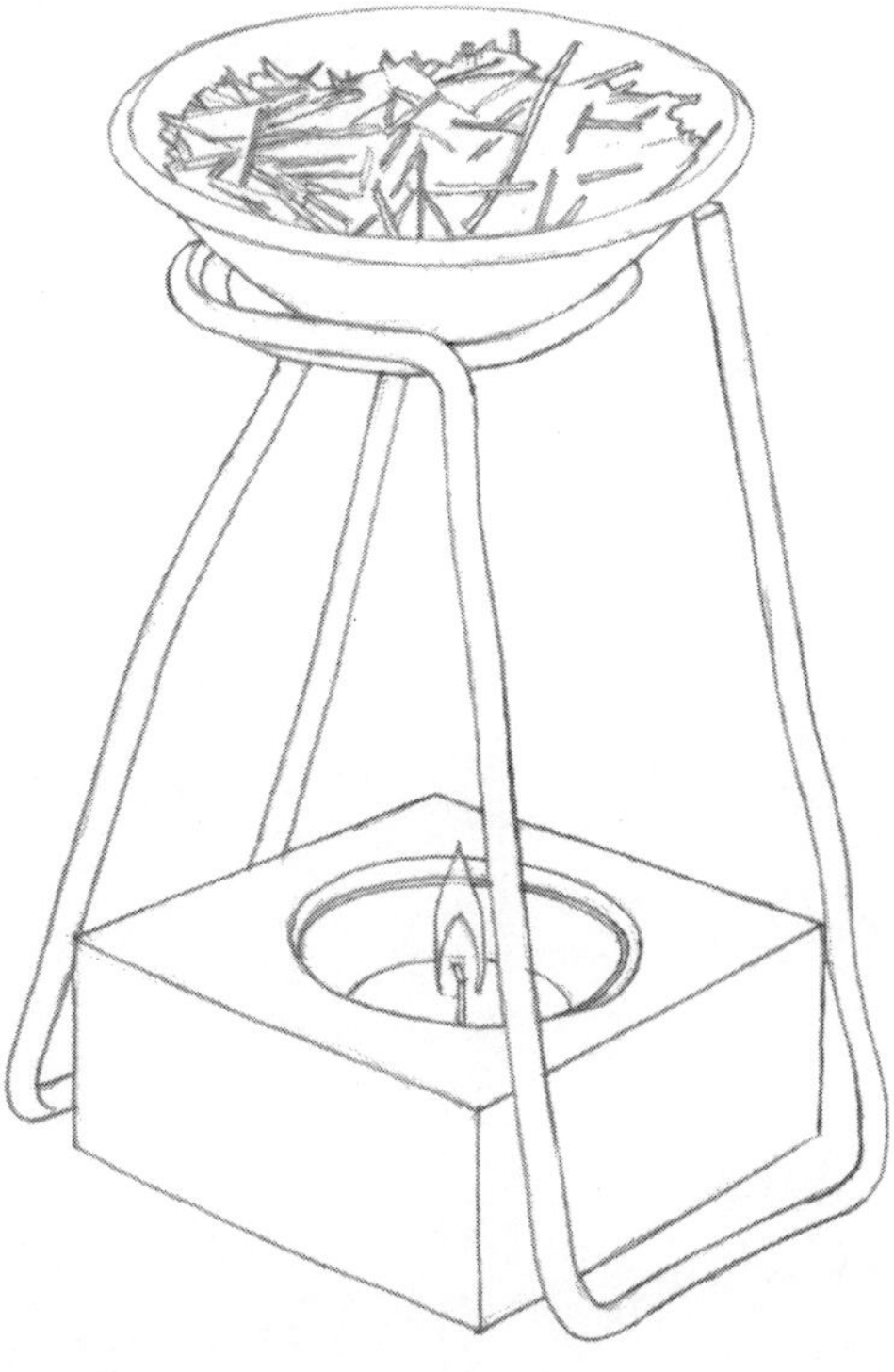

朝の音

サーーーッ　サーーーッ
雨の降る音で眠りから覚める
目を閉じたまま耳を澄ます

クァー　クァー
遠くでカラスが呼び合っている

シャーッ　シャーッ
新聞配達のバイクが水をきる

グェロ　グェロ　グェロ
梅雨《つゆ》にはまだ早い縁側で
早起き蛙《がえる》が声低く鳴いている
静かな始まりの音　朝の音

いつもの音を今日も聞く
サーーーッ　サーーーッ
雨の降る音でまた眠る

雨の朝

バス停に急ぐ雨の朝
灰色空は黙ったままで
冷たい雨を落としている
傘に落ちる雨音《あまおと》だけが
静けさの中響いている
人や車や電車たち
音もたてずに動いている
雨に濡れた風景が
ただ色褪《あ》せて滲《にじ》んでいる
バスに乗る時　傘の雨
あわてて落とす自分の仕草《しぐさ》
おかしくなってひとり笑った
落ちる滴《しずく》は楽しそうに跳《は》ねて
地面の雨に消えてった

バスの窓から外を見ると
風景は少しずつ色づき始めた

雨

雨は風景に無数の線を描き
雨は地に無数の点を描く
そして
雨は私の心に無数の音を奏でる

小さな旅

梅雨《つゆ》の合間の青く晴れた日
山に向かい小さな旅をする
田んぼの稲は緑を大きくして
向こう一面にはヒマワリの畑
自然は美しい色彩で私を迎える
狭く薄ら暗い山道に入ると
木漏れ日《こもれび》がキラキラピカピカ
眩《まぶ》しく光っている

しばらくして峠に出る
見渡す近くの山々の中腹に
穏やかな山並みに沿って横一列に
細長く蛇行《だこう》して家々が並んでいる
セミの鳴く前の静まり返った森

緑いっぱいのその風景の真ん中で
これから始まる暑い夏を予感する

ゆっくり山を下りだすと
道の下から水音が涼しく耳に届く
昨日までの雨が川になって
これから遠く海まで旅をするのか
道をさらに行くと　ちらほらと
民家が見えはじめてくる
屋根の煙突からは昼の仕度《したく》であろう
白い煙が空に登っては消えていく
それを見てはじめて空腹に気づく

山を下りると
一軒の古びた蕎麦《そば》屋があった
土間に置かれたテーブルとイス

擦《す》りガラスからのやわらかな薄明り
蕎麦といなり寿司は山の味と里の味
遠い昔に来たような懐かしさを覚えて
しばらくは遠い記憶に想いをはせた

なんだか優しい心持ちになった帰り道
今日は七夕《たなばた》で　子供の頃には
みんなで桃を食べたことを思いだす
小さな旅のお土産に
市場に寄って桃を二個買う
今夜この山の上にも輝くであろう天の川
何十年ぶりかに見上げてみようと
心楽しくして家路に就いた

午後に　転寝《うたたね》

午後に縁側で転寝をする
眠い目を少し開けると
見上げた空は晴れていて
色んな形をした雲が流れていた
大きく口を開け舌を出した恐竜の頭は
獲物を追いかけて動いていく
すると頭からだんだん胴が伸びて
長い体の龍になった
そのすぐ上で大きな目をした巨大な魚が
龍をギロリと睨《にら》んで追っかけて行く
空の紙芝居はまだまだ続く……
おもしろいなと思ったままでは覚えている
いつの間にかまた眠っていた
どれくらい時間がたっただろう
空から雨粒《あまつぶ》落ちてきて目が覚めた

雨の日

ベッドの上　雨音《あまおと》が耳に届く
雨が渇いた土に沁《し》みこむように
私の心をやさしくなぐさめた
空は生成《きな》りの薄墨色だけど
私の心は少しずつ晴れるよう
傘をさして歩いてみたいなぁ
そんな雨の日

生成《きな》りの薄墨色の空

今日も同じ梅雨《つゆ》の空
生成りの薄墨色の空に
青黒《あおぐろ》な雲が流れていく
幾《いく》つも幾つも流れていく
それを長い間眺めている
こんなに空を見ているのは
きっと世界中で私だけ
…………………
みんなは何を見るのだろう

雨のち晴れの物語

重たい灰色の雲がいなくなって
やっと長い雨が止んだ
今日という舞台の緞帳《どんちょう》が上がるように
空が青く眩《まぶ》しく輝き出した
小鳥たちはいっぱいにはしゃいで
白い雲は西風とじゃれている
やがて白い雲たちは西風の魔法にかかり
姿を変えながら空を泳ぎ始めた
雲たちは島となり　空は海となる
赤色飛行機が海の上を遊泳するように
スーッと幾《いく》匹かの赤トンボが眼下に現れた
小鳥たちは一層楽しげにはしゃいでいる
見上げる私はいつの間にか空へと誘われて
これから続く物語にワクワクしている

氷水

よく晴れた午後の南向きの縁側
小さな風が時々吹いてきて梅の実が
葉っぱたちの中でかくれんぼしている
木陰《こかげ》で蛙が目覚めたように鳴きだすと
眩《まぶ》しい陽射しに誘われて虫が顔をだす
それを茶帽子スズメが空から捕《つか》まえた
チョンチョン歩いたその先の水溜りで
三口啄《ついば》んでサッと何処《どこ》かへ飛んでった
空に雲はなく澄んだ青色がギラっと光る
隣に忘れたコップの氷がカランとなった
そういえば今年初めて飲む氷水かなぁ
その音の涼やかさと冷たさを楽しんで
縁側にゴロンと横になると
今日の季節に溶け込むよう

雨

夜明け前に　突然の雨
開け放しの窓から　冷めた風
雨跡《あまあと》が窓辺に走る
眠りから覚めやらぬ私の頬を
雨粒《あまつぶ》が小さく打って私を起こす
しばらくして雨は激しくなった

ザーーーーッ　ザーーーーッ
ザーーーーッ　ザーーーーッ

まだ起きない私を今度は雨音《あまおと》が急《せ》かす
目をつむったままの私は夢と現実の間で
風景を掻き消している太く白い雨の線を
見ていた

「うたた寝」

昼下がりに窓を開け放し
ゴロンと横になる
外の暑さを忘れたような
少し冷めた風が
北の窓から南の窓へ
そーっと通りぬけていく
心地良さに目を閉じると
窓の向こうの外の音が
耳を楽しませる
擦《こす》れ合う田んぼの緑
学校帰りの子供たち
軒下で遊ぶ雀たち
バイクの郵便屋さん
何処《どこ》かにいる夏虫たち

気儘《きまま》なひとり寝に
色んな音の子守唄
いつの間にか寝てしまった

風が止まり　目が覚める

うろこ雲

朝　季節の風に起こされる
風は西の窓から入って来て
部屋の真ん中で遊んでから
東の窓へかけぬける
まだ覚めきらぬ私の身体《からだ》を
風はからかうように跳《は》ねていく
熱帯夜だった昨夜が嘘のよう
寝たまま少しだけ目をあける
明るくなった窓の向こうの
風がかけて行った空一面に
うろこ雲が泳いでいる
季節に朝寝坊してしまったか
置いてきぼりにされたような
小さな戸惑いを感じながらも

次の季節の挨拶《あいさつ》に嬉しくなって
ワクワクしながら起きてみる

夜の雨

星が消えた風のない空から
細い雨が静かに夜を湿らしながら降りてくる
すると昼間の暑さにうな垂《だ》れた緑たちが
しだいに色を濃くして香りだす
少し冷めた空気の中で
ゆく季節は愛《いと》おしく　来る季節は待ち遠しく
小さな時のうつろいへの感傷が
夜の雨と一緒に私の心に沁《し》みこんでいく

月の光に（父の誕生日を前に）

月は今も昔も同じで　静かに輝いている
どれだけの人がこの月を見ただろうか
月はどれだけの人を見てきただろうか
地球の時間は百年二百年でも
月の時間ではくしゃみ一回分かもしれない
月が見ている地球の色んな出来事も
人が垣間見る蟻《あり》の行列と同じだろうか
いやいや月は人ほどいい加減じゃない
月は地球のすべての時を照らしてきた
月は地球のすべての人を照らしてきた
私にはくしゃみ一回分も時間はないけれど
月よ　地球の昔話を聞かせてくれないか
そうだ父の子供の頃なんか聞いてみたいな

空を見上げて

夕暮れの空
雲の下　ほんのり赤く
雲の上　ほんのり紫
空は薄いターコイズブルー

思い出した昼の空
雲は白くてみんなおんなじ
ちょっと薄いか濃いかだけ
空は澄んだセルリアンブルー

もっと思い出した夜明けの空
雲は赤紫に染まっていて
瞬《まばた》きするたび明るく輝く
空は透明なウルトラマリン

朝　昼　夕
同じ雲　同じ空　……　なのに
どうしてこんなに違うんだろう
……………
今見上げると夜の星空

たくさんの星

十月の夜空いっぱいに
たくさんの小さな光が
散りばめられている
しばらく見上げていると
まるで空から街の灯《あか》りを
見下ろしているようだ
街の灯りのひとつひとつに
人の小さな世界があるように
一つ一つの光にも
それぞれの世界があるだろう
わたしもその一つの光の中
たくさんの光の向こうからも
私を見上げているかもしれない
いや見下ろしているかもしれない

たくさんの光たちよ
そっちはどうだい？

蒼《あお》い世界で想うこと

月は蒼く透明に輝いている
月の光は雲たちに陰をつくり
明るく浮かび上がらせている
雲は月の波紋のように輝きながら
音を奏でる様《よう》に宙《そら》に拡がっている
天に落ちた一滴の雫《しずく》……月
天上のなんと美しい

月の光は地上をも照らす
昼間の風景に影をつくり
蒼く浮かび上がらせている
無機質にかたちが浮き上がり
地上の真実だけが見えてくる
美しい月の光に輝く風景は
誰もいない砂漠のようだ

小春日和《こはるびより》

南向きの窓辺に大きな木がある
たくさんの葉っぱたちが
午後の陽射しに小さく揺れている
友と二人　陽射しに誘われて外へ出る
川べりの褐色の草の上に腰を下ろす
赤く熟し切った柿の実たちが
鳥にも忘れ去られてウトウトしている
語らう間を風がそっと歩いていく
風景は優しく温《あった》まってみんな眠たそう
二人でしばらく時間を忘れて座ってた

紅葉の瞬間《とき》

葉っぱたちは
黄色く鮮やかに光る
やがて眩《まぶ》しいくらいに
赤く染まっていく
なんと美しい瞬間《とき》か

葉っぱたちは
黄色く命いっぱいに輝く
やがて激しいくらいに
赤く燃え尽きていく
なんと悲しい瞬間《とき》か

ちょっとだけ向こうの風景

風は小さな葉を僅《わず》かに揺らすほど優しく
陽射しは午前の冷えた空気を温《あたた》めている
お昼前に穏やかな小春日和《こはるびより》に誘われて
少し離れたところの山村に友と出かけた
風景は雪を前にまるでひと休みしているように
穏やかな陽射しの中で日向《ひなた》ぼっこしている
山々の黄や赤に囲まれた一軒家の煙突からは
静かに白い煙が上がっては空の青に消えている
時間が風景の中をゆったり散歩している
友も私もその解き放たれた空間と時間の中で
山村のその先のまだ行ったことのないところ
ちょっとだけ向こうの風景を見たくなった
今日の天気にも背中を押されて足をのばした

「………」

そこはまさに桃源郷《とうげんきょう》であった

空の水溜り

冬野菜の種まきしてた
ふーっと見上げた北の空
太っちょの大きな青黒《あおぐろ》の雲
ゆっくりと　ゆっくりと
こっちに向かってやってくる
向うの空から静かにこっちを
睨《にら》みながらやってくる
冷たい雨でいっぱいの
お腹《なか》を重たそうに抱《かか》えている
こっちの空までは時間があるな
そう思って見上げた空に
小さくまあるい水溜り
薄く重なり合った雲の間から
青く明るく光っている

こっちはまだまだ大丈夫だ
あと少しがんばろう

明日を待つ

明日になると大好きな冬が来る
楽しみに明日を待っていると
時間がだんだんゆっくりになる
時間が止まっている……
そんな気がしてふと時計を見る
秒針は重たそうに動いている
空を見上げると太陽は
居眠りしているように動かない
風はさっき通り過ぎたきり
次の風はまだ来ない
だから草木もじっとしている
何だか我慢できなくなって
小さくひとつ息をしたら
冷えた空気が僅《わず》かに震えて

頬《ほ》っぺたにそっと触れた
今日の季節を教えてくれた
今日が一番大好きになった

「冬のはじまりに」

ストーブに今年初めて火を入れた
一年ぶりの冬の匂いが懐かしい
部屋もこの時を待っていて
モノクロな風景が
目覚めるように色づくのがみえる
大きな北向きの窓が
今日からはじまる冬の物語を
楽しませてくれるだろう
今は北風に黙り込んでる風景が
冷えた太陽の光を
頑張って吸い込んでいる
取り残された僅《わず》かな紅葉の色は
震えるように薄く輝いている
だんだんと部屋が暖まって

蒸気で曇った窓ガラスを掌《てのひら》で拭《ぬぐ》う
いつの間にか今日が暮れてきた
暖かいストーブの傍《そば》で
冬のはじまりにドキドキしている

満天の星

明日が今日になった頃
真っ暗な大海に月の光よりも
眩《まぶ》しいくらいに輝く満天の星たち
感動して心がいっぱいになる
自分だけではもったいなくて
母を起こして　一緒に見る

こちらとあちらの宙《そら》と星

満天の星　散りばめられた星たち
こちらから見る宙はどこまでも深くて
星たちを美しく輝かせている
もし　あちらから宙を見ると
反対の宙で裏側の星たち
どんなふうに見えるのだろう

冷たい雨の音

窓の外は冷たい雨が静かに降っている
私は肘掛け椅子で手紙を読んでいる
ストーブのヤカンが湯気を出している
棚のラジオからピアノ曲が流れている
時計の秒針が小さく音をたてている
手紙を持ったまま立ち上がり窓辺に行き
そっと窓を開けてみた……
雨音《あまおと》が部屋の音を掻《か》き消した

雨音《あまおと》（子守唄）

寝ている私に届いた雨音
やさしく語りかけるよう
夢と現実を行ったり来たり
遠い昔に誘ったり
静かな午後を奏でたり
明日の夢を語ったり
雨音は揺り籠のように
心地よく私を眠らす

皆既月食《かいきげっしょく》

皆既月食を見ようと
思ったわけではない
偶然外へ出て見上げた夜空に
それはあった
円い姿を取り戻しつつある途中で
三日月形のそのまわりには
満天の星たちが輝いていた
その天体風景はとても美しかった
自然は思わぬ時に
素敵な贈り物をしてくれるものだと
嬉しくなった
寒さに震えながら　少しの間
じっと夜空を見上げながら
夢を見た

バンザイをしたら
月に私の手が映った
その手で星を掴《つか》んだ

夜の昼間

真夜中に窓を開けたら
月明かりが
まるで昼間のように
地上を照らしていた
静かで蒼《あお》い世界
夜の昼間
わたしだけの時間と空間
見慣れた風景が一変する
目覚めているのは私だけ
この世界すべて独《ひと》り占め
そう思ったら
寂しさや怖《こわ》さはなくて
とても愉快な気持ちになった
夜の昼間　私だけの世界

ずっとこのままでいたいけど
寒さに耐えられず窓を閉めた
部屋の中は真っ暗な真夜中

夜の音

目を閉じる
それは突然に聴こえてくる
静寂の中の小さな夜の音
ツィ――――――
チィ――――――
暗闇に偲《しの》ぶように響き
遠くに線を引くように
その音は伸びて消える
現実と空想の間の
不確かで確かな音
子供の頃　布団《ふとん》の中で
聞いていたような
遠くに引き込まれそうな
懐かしくもあり

宇宙的な夢の音
私だけの音　夜の音

冬の夜の一時から五時

冬の夜の一時から五時
まるで時間が止まったよう
夜の音が漆黒《しっこく》の中に沈み込み
音も色もない時間と空間の中
私を世界でたった一人にする
心は日常を離れ想像を旅し
昨日までをすっかり忘れて
明日の音や色を楽しんでいる
朝の音が透明な光を誘う頃に
窓に見慣れた風景が現れて
今日に私は呼び覚まされる

部屋の中で

窓の外　風が騒ぐ
部屋は静かで
目を閉じると色々な風音《かざおと》がする
カタカタ　ヒュー　コトコト　カラン
いつの間にか眠っていた

窓の外　雨が降る
部屋は静かで
目を閉じると色々な雨音《あまおと》がする
パラパラ　ザーッ　ピチピチ　ピチョン
いつの間にか眠っていた

冬の夜に

ガタガタゴトゴト
窓を叩く風が私の眠りを邪魔する
窓の向こう側　あちらこちらで
木がザワザワ騒いでいる
空がゴーゴー鳴いている
みんな目を覚まし風音《かざおと》になっている
風音たちは凍える暗闇の中を
あっちへ行ったりこっちに来たり
ひとりだけ風音になれない私は
布団《ふとん》の中で目を閉じたまま怯《おび》えている
眠れない私は起きて夢を見る
青黒な千切《ちぎ》れ雲たちが月や星に悪戯《いたずら》して
暗い夜を一層暗くしている
色んな風音たちは隠れる私を脅かしては

見つけ出そうと暴れまわる
恐ろしくて私はいつの間にか気を失う
目が覚めると静かに夜が明けていた

窓辺

風は無くて　ただ雨が降っている
風景は何もかも雨の中に消えている
何もかもが押し黙っている
聞こえるのは雨の音
見えるのは雨の線
何かが動いた
それは硝子《がらす》に映った私だった
可笑《おか》しくてひとり笑った
窓辺で空想してみた
「もし世界でたったひとりぼっちだったら」
電話が鳴った
私は少しほっとした

一杯のお酒に

夜が深くなる
一人でお酒を飲む
括《くく》られた時から解き放たれ
自由に時の中を泳ぎ遊んで
心はとても愉快になる
けれど私は気づいている
括られた時から逃れることなんて
出来ないということを……
まぁ　いいじゃないか……
もう少しだけ一杯のお酒の
魔法にかかっていても……
夜が明けていく
薄明はしだいにグラスを乾かす
窓の外で雀が啼《な》きはじめた

ウイスキー

夜明け前　アトリエの北の空の窓辺
お気に入りの逆円錐形の透明なグラス
ウイスキーを少しだけ入れる
それから熱湯をゆっくりと注《そそ》ぐ
白い湯気とともに甘い香りが私を包む
一口飲むと身体《からだ》の中心の命が温《あった》かくなる
窓の向こうは赤紫の寒さと動き始めた朝の音
誰にも邪魔されない心地良い時が眠りを誘う

冬の雲景色

二階の窓から北の空を覗《のぞ》いたら
ずーっと向こう　紫雲《むらさきぐも》が積み重なって
空をいっぱいに覆っている
北の風がそれを少しずつちぎっては
こっちに向かって飛ばしている
小さな雲たち　ワイワイガヤガヤ
泳いでくる　やってくる
後から後からやってくる
なんだかとっても楽しそう
わたしは雲っ子たちをお迎えに
階段をかけ降りて外に出た
「おーい　こっち　こっち　よく来たね」
うす赤紫とうす青紫の雲の匂い
空気の匂い　風の匂い　冬の匂い
その匂いと冷たさが私をギュッと抱きしめた

十二月の朝

朝に目を覚ますと
石油ストーブの上で
ヤカンがシュンシュン
小さく音をたてていた
湯気は出ては消えて
部屋の中を遊んでいる

薄明るくなった窓は
白く曇っていて
みかん色の朝陽が透過して
壁にかけた額縁の絵を
静かに温《あった》めている

しばらくそれを眺めた後で

やっと布団《ふとん》から抜け出して
ヤカンのお湯で珈琲を入れた
朝の冷気と珈琲の香りが
寝ぼけた私の鼻を擽《くすぐ》った
その瞬間　遠い昔の
異国の冬の朝が甦《よみがえ》った

雪の音

雪が舞う　真っ暗な風景に
白い小さな雪が舞う
いくつもいくつも舞い降りて
そうして地面を白くする
今は世界で　雪だけが
静かに静かに動いている
あ　雪の音……
子供の頃に聴いたよう
懐かしさでいっぱい
ずっと聴いていたい
雪の音

冬の雨音《あまおと》（微睡《まどろ》む）

冷えた午後の空気を
僅《わず》かに慰めるように
細く雨が降る
小さな音を奏でながら
細く雨が降る
それは
遠く行き交う足音
低く語り合う言音《ことおと》
風に揺れる葉音
集う焚火の火音《ひおと》
細く雨は降り続き
私はその雨音を
夢見て眠る

陽だまり

炬燵《こたつ》での転寝《うたたね》の合間に
机の上に陽だまりを見つける
晴れの日の窓からの贈りもの
本や眼鏡やコーヒーカップが
レース越しの柔らかな光りに
心地良く温《あたた》まっている
外は晴れて空には雲が多く
陽だまりは時々消えてしまう
陽だまりが長く机に在《あ》る時は
雲と雲の間に青い大きな湖が
窓の向こうにできている
眠い目にも眩《まぶ》しく見えて
じーっと見てると
瞼《まぶた》が重くなってきて
私はまた転寝をはじめる

少し微笑《ほほえ》む

耳を澄ますと子供の声
モズの囀《さえず》る下小さな草が香る
見上げると白い綿菓子雲
水色空の向こうに山が霞《かす》む
陽射しがそっと私を温《あたた》める
庭の隅でツクシが顔を出した
穏やかな午後に　少し微笑む

飛行機雲

良く晴れた早春の朝
まだ少し寒い窓を開けた
遠く窓の向こう　南の空高く
飛行機が東の空に飛んでいく
天気予報は夕方から雨
色んな天気を含んだ空に
飛行機が線をひいて飛んでいく
色んな旅人を乗せて飛んでいく
下から順に次から次に現れる
朝陽に機体を光らせて
五線のように描いていく
時々線も白く輝いている
そこに雀たちが遊びに来て
音符みたいに並んだら

楽しい音が聴こえてきそう
私も旅人になったよう

雲に

春の朝　雲はぽっかり浮かんでいる
いつまでそこにいるのだろう
ずっとずっと　ながめていたいな

夏の午後　雲はもくもく拡がっている
どこまで大きくなるのだろう
ずっとずっと　みまもっていたいな

秋の夕暮れ　雲はいっぱい並んでいる
このまま幾色《いくいろ》増えるのだろう
ずっとずっと　みつめていたいな

冬の夜　雲は一人ぼっちで歩いている
いったい何処《どこ》へ行くのだろう
ずっとずっと　みとどけたいな

四季

春咲く花をいっぱい見たい
北風に乗って南に向かう

夏震わす蝉の命感じていたい
森に誘われ目を閉じる

秋光る金木犀《きんもくせい》の香り懐かしく
遠い記憶に心を旅する

冬の夜に降る雪音聴きたくて
世界でひとり耳を澄ます

お気に入りの縁側

真っ暗になる前　私はいつも裏庭に出る
そこにあるお気に入りの縁側
春夏秋冬　夕方になると必ずここに来て
ただ空を見上げる
すると今日心にあったちっぽけなものたちが
みんな空のどこかへ消えてなくなる
そうしたら
明日の楽しい夢が空いっぱいに描かれる
そんなふうにいつも長い時間そこにいる
とても大切な秘密の場所
お気に入りの縁側

一杯のコーヒー

朝に
ラジオと一杯のコーヒー
香りも一緒に楽しみながら
すぐに飲んでしまうかな

昼に
友達と語らう一杯のコーヒー
話が主人公でいつも忘れもの
空っぽとバイバイが一緒かな

夜に
仕事中の一杯のコーヒー
ただその存在が嬉しい
いつまでもなくならない

「いつかの」

友から便《たよ》りが届いた
「いつかの」写真を送るとあった
「いつかの」……とてもいい言葉
遠い近いや長い短いでなく
「時」を愛《いつく》しみ大切に想う
友の優しさが伝わってきた

便りにあった「いつかの」……
その時の温度や匂いまでもが
鮮やかに私の心に蘇った

友は　色んな「時」が入った
宝の箱を持っていて　ひとつだけ
そっと取り出し　届けてくれた

「いつかの」……この「時」への
友の想いは　私の宝の箱の中で
いつまでも色褪《あ》せることはないだろう

貝砂

色んな形した貝砂が詰まった
可愛《かわい》い小瓶が友から届いた
手紙には　旅の思い出土産《みやげ》……
青島の海辺にあって　歩くと
「サクサク」音がするんだと
面白そうに書いてある

目を閉じて小さく振ってみた
「サクサク」聴こえて……
海が見えて……
潮風が匂った……
目を閉じたままいつの間にか
心の中を旅してた

けれど貝砂　きみたちはきっと
青島の海辺に帰りたいだろう
目を閉じたまま知らぬうちに
「いつか青島に行ってみたい」
と　ひとり言《ごと》を言っていた

もしかして友はそんな私を
想っていたか……
しばらく貝砂を眺めては
そんな友を想いながら
心の中で呟《つぶや》いた……

「ありがとう……」

五月五日　こどもの日

子供だった頃
『休み』でウキウキ
『お小遣《こづか》い』でニコニコ
『特別行事』でワクワク
この日はそういう日だった
今もそうだろうか……

スーパーに買い物に行った
今日がこどもの日と気づいた
何とはなく巻き寿司を買った
パック入りで本日限定の品とある
かたちは少しおしくらまんじゅう

家に帰って思ったこと

柏餅《かしわもち》にすればよかったかな
けれど巻き寿司は何とはなく
『おめでたい』想いがする
食べてみたらお祭りの味がした
ちょっぴり楽しい日になった

ケーキ屋さん

いっぱいケーキが並んでいる
それをワクワク眺めている
最初は色に誘われて
次に形で迷ってしまい
最後は味を想像する
そんな時間はとっても愉快
気づくと目の前に店員さん
苺ショート　ショコラにチーズ
大好きなケーキを慌《あわ》てて注文
その後でいつも必ず思うこと……
「食べたことないケーキを
選べばよかった」

新聞は日替わりのお弁当箱

新聞は日替わりのお弁当箱
日本中　世界中にある
いっぱいのお話の中から
ちょっぴりつまんで味付けする
日替わりのお弁当箱と一緒だね
その日食べたい食材に
その日に合った味付けする
新聞とお弁当　どっちも
一回だけなら身につかないけど
毎日続けたら栄養になるよね

三日月と満月

三日月は物語の始まり
見ているとワクワクしてくる
色々な空を舞台にしながら
色々な星や雲たちが登場する
ゆっくりと形を変えながら
ゆっくりと物語は膨らんでいく

満月は物語のクライマックス
見ているとドキドキしてくる
最初は大きく朱《あか》く世界を照らし
天高くからは白く透明に輝かす
地上は静かに蒼《あお》く浮かび上がる
星たちの中心に光響く夜の太陽
オーケストラの音が聴《き》こえるよう

音楽はいいな

時が蘇る　心が蘇る
時が刻まれる　心が描かれる
音楽はいいな

線を描く

線を描く　息を止めて
描かれる先をみつめながら
手の先は目の先を追う
静止した時間の中で
全速力で走るかのように
全神経は静寂の中で
０・３ミリの線の音に
集中している

ふーっと息をした時
命ある『かたち』が生まれる

薬と絵の具

薬はたくさん一緒に飲んでも
ひとつひとつが生きて輝く
絵の具の色もそうであったら
どんなに　どんなに
不思議で美しい色に
いっぱい　いっぱい
輝くだろう

絵

心の音が響いている
心の音が聴こえてくる
そんな絵を描きたいな

ある日のわたし

窓辺の机に向かって一生懸命に
「あーだ　こーだ」と仕事をする
朝に入れた珈琲も一度は冷めて
昼の陽射しでまた温《あった》まる
それにも気づかず手をつけず
とうとう日暮れになった頃
窓からすーっと風が入ってきた
心地良い涼しさに顔を上げると
空いっぱいに真っ赤な夕焼け
しばらく見とれたその後で
大きな深呼吸をひとつした
窓辺の自分が小っちゃく見えて
何だかとっても可笑《おか》しくなって
仕事の束をゴミ箱に捨てた

生きものとわたし

雀と人

電線に雀が並んで鳴いている
いつか見た風景とおんなじだ
周《まわ》りの景色は少し違っているけれど
大して変わりはしていない

街の中　人がいっぱい歩いている
いつか見た風景とおんなじだ
仕草《しぐさ》や衣装は少し違っているけれど
大して変わりはしていない

雀も人も入れ替わってしまったけど
風景は今も昔もおんなじで
大して変わりはしていない

カエル（病棟の窓辺で）

『雨が降ってきそうな曇り空
見上げていると
どんなに治療がしんどくても
心が本当に癒される』
そう言う私に向かって妹は
『カエル』だと言って笑う
どこかで小鳥も笑っている
小鳥もきっと癒されている

鳩（病棟の窓から）

細かな雨の中　電線に鳩が一羽
じーっと　こっちを見て動かない
何をしているのだろう
何を思っているのだろう
ピクリとも動かない
何かに耐えているのだろうか
何かをひたすら待っているのだろうか
もしかすると……祈ってくれているのか
私のために……
いつまでも私とにらめっこ

雨あがる（病棟の窓から）

目が覚めると昨日からの雨は止んでいた
空は明るくなって鳩が群れて飛んでいる
どこからか雀たちの囀《さえず》りが聞こえてくる
カラスが電信柱のてっぺんで鳴いている
晴れた窓の外　鳥たちが動きだしている
もうじき陽が射して暑くなりそうな空を
これから鳥たちは今日の食と塒《ねぐら》を求めて
一日中東西南北飛びまわるのだろう
雨あがりの空を見上げる私のベッドには
もうじきいつものように朝食が運ばれる

「パンを買いに行ってみようかな」と
そんなことを思ったりしてみた朝だった

風景の中の私

赤トンボよ
おまえはそう呼ばれていることを
知らないよな
自分が赤色なんて思ってもいない
大きな目玉と四枚の羽根が当たり前
水に生まれて　空を飛んでいる

メダカよ
そう私が呼んだってこっちを
振り向きはしないよな
だっておまえは自分をメダカだと
思ってないからね
川の中がおまえの世界
それ以外はおまえにとっては

果てしない宇宙かな

コオロギよ
おまえに話しかけても返事はしない
だってコオロギって誰かも
わからないよな
地を這《は》って草木の中で
懸命に命の音を奏でている

アオスジアゲハよ
おまえがこの名前を知ったら
気に入ってくれるだろうか
花の蜜で生きて花を咲かせて
風景を彩っている

空で呼吸し

川の水を飲み
地の恵みを食《しょく》し
花を愛《め》でる
そんな私はおまえたちに
何ができるだろう
何かしなきゃいけないな

窓から

空は白雲《しらくも》でいっぱい
ところどころに　まあるい穴
青空がのぞいている
いくつもいくつも　のぞいている
ツバメが　ヒラヒラ　飛んでいる
巣立って間もない小さなツバメ
一生懸命飛んでいる
頑張れ！　思わず心で叫んでいる
その向こうに飛行機が　すーっと
上手に白い線を引いていく
見上げる私はだんだん鳥になる

晴れた午後のひとり思い

晴れた午後の裏庭を
肘掛け椅子に背もたれて
眠気眼《まなこ》でひとり見ている
雀が何やら啄《ついば》んでは
すぐに何処《どこ》かへ飛んでいく
いつもの見慣れた光景が
とても長閑《のどか》で微笑《ほほえ》ましい
稀《まれ》にムクドリが訪れる
珍しい来客に興味津々《しんしん》
しばらくは見とれている
突然にカラスが現れる
何故《なぜ》だかギョッとして
なんだか迷惑な心持ち
その時　ふと思ったことは

人から見ると私の来訪
雀かムクドリか
あるいはカラスか……
晴れた午後のひとり思い
苦笑《にが》い

小さなトマトたち

赤く実り始めたトマトをちぎる
葉っぱにカサカサ手が触れると
僅《わず》かに香る緑の匂い
いつかの夏のいくつかの記憶
ひと口かじった甘さと酸《す》っぱさ
まるでそれは暑さと涼しさの
縁側のうたた寝に似ている
今日の収穫　横一列に並べたら
色んな顔した七つの宝石
一つだけかじられて可哀《かわい》そう
だけどみんなでお喋《しゃべ》り楽しそう
こっちも楽しくなってきたら
急にお腹《なか》が空《す》いてきた
君たちは今日の私の朝ごはん
ごめんなさいね　いただきます

雨

ザーーザーッザーーザーッザーーザーッ

午後に雨が降ってきた
風は田んぼの苗を揺らし
雨に濡れながら庭の土を香らせて
裏の窓から入ってきた
雨に冷めた風は心地良い
風は夏虫の歌声も運んできた

ジーーーッ　リーリーール
ジーーーッ　リーリーール

夏虫は何処《どこ》で雨宿りしているのかなぁ
そういえばカエルが鳴かないなぁ

カエルも夏虫を聴いているのかなぁ

ザーーザーッザーーザーッザーーザーッ
ジーーーッ　リーリーール
ジーーーッ　リーリーール

雨はまだまだ降り続き
雨に冷めた風は心地良い
私は雨音《あまおと》と夏虫を聴きながら眠る

ザーーザーッザーーザーッザーーザーッ
ジーーーッ　リーリーール
ジーーーッ　リーリーール

目が覚めた時に聴こえたのは
雨音とカエルの声だった

夏虫はカエルを聴いているのかなぁ
ザーーザーッザーーザーッザーーザーッ
ゲロッゲロッゲーロゲロッゲロッゲーロ

カラス

昨日までを雨は流していった
東から流れていた雲が
今は東へと流れている
あわてて急ぐようだったのに
今はゆっくりゆったり流れている
雨の中を長い時間
じっとしていた一羽のカラスが　西を向いて
回れ右して東の空を見上げている
いつも雲の行方《ゆくえ》を見つめている
雲たち集まって何しているのか
カラスおまえは知っているらしい
雲に向かって何か言っている
気持ちよさそうに鳴いている
「もう夜が明けるね」………かな

私も回れ右をしてみた
夜のざわめきが後ろに飛んで
陽射しが私を照らしはじめた

青田と白鷺《しらさぎ》

青田の中を白鷺がゆっくり歩いている
時々立ち止まってはじっとして
じっとしていると思えばまた歩き出す
そうしながら長い嘴《くちばし》で田んぼを突っつく
朝御飯の後　裏庭の縁側に座って私は
ずっとこの風景を眺めている
田んぼの緑色と白鷺の白色《しろいろ》がとても美しい
けれど田んぼの中はどんな具合だろう
不意をつかれた小さな命たち
心地良い風の吹く晴天の休日の午前を
機嫌《きげん》よく過ごしていただろう小さな命たち
よもや今の今まで白鷺の朝御飯になろうとは
思わなかっただろう……
小さな命たちにとって思わぬ出来事は

平穏な時に予期せぬ場所で起こっている
青田の中を白鷺がゆっくり歩いている
お昼ごはんの頃になっても
ずっとこの風景は続いている

夏の予感

七月のある日　蝉が鳴いた
ジーッと一回鳴いた
次の日に　また蝉が鳴いた
ジーッ　ジーッと二回鳴いた
その次の日も　蝉が鳴いた
ジーッジーッジーッと三回鳴いた
それから三日の間蝉は鳴かない
七日目の朝に　蝉が鳴いた
今度はミンミンミーンと鳴いた

八日目の朝　蟬は鳴き続けた
ミンミンミーンミンミンミーン
ミーンミンミンミーンミンミン
五月蠅《うるさ》くなるぞ　暑くなるぞ
ツクツクボウシよ　ヒグラシよ
何処《どこ》にいるんだ　早く出て来い

白子《しらす》の大漁

網からこぼれて舟の隅《すみ》
バケツに入《はい》れず土の上
茹《ゆ》でて残った笊《ざる》の中
天日干しでゴザの外
辿《たど》り着いたご飯の上
そして最後は……
茶碗に残った迷子の白子

大きく育ったキャベツの話

収穫でお百姓さん葉っぱ一枚むしり取る
店頭でお店屋さん葉っぱ二枚むしり取る
買い物でお客さん葉っぱ三枚むしり取る
料理前にお母さん葉っぱ四枚むしり取る
半分に小さくなったキャベツの千切り
途中でまな板からこぼれたりひっついたり
辿《たど》り着いたお皿の上美味《おい》しそうに笑ってる
そして最後は……
お皿に残った迷子のキャベツ

蝉

ジッ　ジッ　ジッ　ジーッジーッジーッ
ヅェッヅェッヅェッヅェッヅェッー
ミーン　ミーン　ミーン　ミーン
シュルッシュルッジュー
ジュッジュッジュッジュッジュッー
ジューッツ　ジューッツ　ジューッツ

一匹が啼《な》きやみ別の一匹が啼きはじめる
繰り返し　声はバトンタッチされていく

ジッ　ジッ　ジッ　ジーッジーッジーッ
ヅェッヅェッヅェッヅェッヅェッー
ミーン　ミーン　ミーン　ミーン
シュルッシュルッジュー

ジュッジュッジュッジュッジュッー
ジューッツ　ジューッツ　ジューッツ

硝子《がらす》越しの蜘蛛《くも》

風が止まった
午後の陽射しが
硝子越しの貝塚の木を
ジリジリと照りつける
まるで貝塚は緑の炎
あ　蜘蛛がいない
いつも貝塚を棲家《すみか》にして
どんなに風が吹こうとも
どんなに雨が降ろうとも
どんなに追い払っても
憎たらしく威張ってた
あの蜘蛛がいない
何処《どこ》か暑さ宿りに逃げてったか
さすがにこの暑さは堪《こた》えたか

硝子の内側で暑さ宿りの私は
少しだけ言訳《いいわけ》を楽しんだ

虫たちは根気強い

北向きの窓を開けた
裏庭や田んぼから
虫たちの声が響く
肘掛け椅子に座り夕涼みをする
しばらくして読書をはじめる
喉が渇き珈琲を飲む
西からの陽射しが暑くなる
団扇《うちわ》をさがしてゆっくりと扇《あお》ぐ
本を置き少し空を眺める
今日は何をしたか……
明日は何をするか……
そんなことをちょっと考える
小腹《こばら》が空《す》き梨を切って一切れ頬張る
また空を眺める

もうすぐ日が暮れるなぁ……
そんなことを思った
立ち上がり裏庭に出てみる
虫たちの声が近くなる
田んぼのあぜ道を歩いた
虫たちの声がもっと近くなった
一番星の下　虫たちの声の中を歩く
虫たちはずーっと変わらず鳴いている
虫たちは根気強いなぁ
そう思って私はひとり苦笑《にが》いした

ツクツクボウシ

ツゥクツゥク　ボーーーーシ
ツゥクツゥク　スイッチョン
ヅゥークヅゥークヅゥーーク
ヅクヅクヅクーーーーーゥ

八月の終わりの午後
窓の外　急にツクツクボウシが
鳴き出した
そう思ったら一度っきり鳴いて
何処《どこ》かへ行った
「バイバイ」って聞こえた
私に………　夏に………

心のうつろい

昨日はといえば
昼はセミに暑苦しく
夜はカエルに寝苦しく
思った

今日はといえば
昼はツクツクボウシに
ゆく夏が愛《いと》おしく
夜はコオロギに
来る秋が待ち遠しく
思った

懸命に生きる虫たちの傍《そば》で
身勝手気ままな
心のうつろい

雨が止んで

雨が止んで　雲が飛ぶ
あっちこっちに
水溜りの空　見えてくる
梅や椿や花梨《かりん》たち
濡れた体揺すっている
ザワッ　ザワッザワッ
気持ち良さそうに
雨水いっぱい撥《は》ねている
空の水溜り　池になり
湖になって　海になる
そしたらお陽さん顔出して
屋根や田んぼの稲たちが
嬉しそうに輝きだした
蟋蟀《こおろぎ》たちも喜んで

大きな声で歌いだす
きっときっと　生き物たち
森の中　土の中　水の中
みんな大きな声で歌ってる

遅れてきた者たち

色褪《あ》せた朝顔の葉っぱの中に
今頃伸びているひと蔓《つる》がある
ひと回り小さく咲いた花は
冷《ひ》えた風に身震いしながら
精一杯に開いている

枯れてゆくトマトの中に
今頃花咲かすひと枝がある
真っ赤に色づいた実は
冷《さ》めた陽《ひ》に身を固くしながら
頑張って輝いている

この朝顔の花を誰が愛《め》でようか
何のためにこの花は咲いたのか

このトマトを誰が食べようか
何のためにこの実は生《な》ったのか
もしかするとおまえたちは
次の夏の子どもたちか

軒先の蜘蛛《くも》

軒先に蜘蛛をみつけた
長い足の細い蜘蛛
虫の嫌いな私はギョッとした
我慢してもう一度みると
少し離れたところにもう一匹
小さな子どもの蜘蛛がいた
親子かなと思ったら
なんだか心が温《あった》かくなった
時々　親蜘蛛が子蜘蛛に近づいて
足でコチョコチョやっている
子蜘蛛もコチョコチョやっている
ご飯を食べているのかなと
虫の嫌いな私がずーっとみてた

親蜘蛛はそうやって行ったり来たり
セカセカ動いているけれど
子蜘蛛はまったく動かない
きっとそこは子蜘蛛のお部屋で
親蜘蛛は子育てしたりお仕事したり
忙しそうに働いているのか
それにしても二匹とも逆立ちしてる
蜘蛛の巣の蜘蛛を思い出したら
そういえばみんな逆立ちしてる
どうしてだろうと考えた
頭に血液いっぱいになって
頭も身体《からだ》も良くなるのかな
そう思ったりもした
そして私も真似してみた
虫の嫌いな私だけどそんな風《ふう》に
時々軒下の親子蜘蛛をみては
楽しい時間をもらっている

草とわたし

夏に伸びた草の中夏虫が鳴いている
しばらくは夏の夜音《やおと》を楽しんだ
昼にその茂り見苦しく思えて
草を刈り涼しげな景色を喜んだ
そこに風が吹き草の血液が香ると
森の中に誘われた心もちになった
刈った草の下で秋の虫が鳴きはじめ
しばらくは秋の夜音を楽しんだ
やがて草は色褪せ香り失せて朽ち
それを掻き集めて火をつけた
火色《ひいろ》が舞いパチパチと音が鳴った
慌《あわ》てた蟋蟀《こおろぎ》が一匹二匹と逃げる
幾つの小さな命がいたのだろう
燃え尽きた後に焦《こ》げた土色が残った

それを冷ますように雨が降ってきた
しばらくは雨の夜音を楽しむが
秋虫はもう鳴かなかった

梨

秋も深まる頃に
大きく実った梨を食べた
いっぱいの陽射しと雨を浴びた
夏のそれとは少し違った
おまえは疲れた瓜《うり》のようで
カシャカシャした僅《わず》かな感触が
色褪《あ》せた夏を思わせた
人間の我儘《わがまま》のせいで
今頃になっておまえは
こうして頑張って大きくなった
一見　夏のそれと同じだけど
見れば見るほど　噛めば噛むほど
切なくて　切なくてたまらない

秋の夜に

秋虫の声が
小さな幾つかの鈴が
鳴りつづくように
暗闇に響いている
窓の外は
何も見えないけれども
その音色《ねいろ》が私の心を
軽やかにしてくれる
今日も良い日だった
明日も良い日になりそうだ
そんな心持ちになって眠る

雨の蜘《く》蛛《も》

冷たい雨は降りつづく
たくさんの蜘蛛たちは
いつの間にか姿を隠して
どこにも見えなくなった

ただ　一匹だけ
頑張っている蜘蛛がいる
頭を下に　逆立ちして
ぴくりとも動かない
じーっとしている
冷たい雨は降り続く
だんだん強くなってくる
ザーーッ　ザーーッ……
ザザーッ　ザザーッ……

ザザザーッ　ザザザーッ
ぴくりとも動かない
じーっとしている
何故《なぜ》そこまで頑張れるのか
俺の知ったことじゃない
と　思った
ついに根負《こんま》けした私は
少しくらい　雨宿りしろよ
と　思った

冬のコオロギ

もう十二月だというのに
庭の枯れた草のなかで
コオロギが鳴いている
秋には歌っているように
聴こえたルルルの音が
震えているように
泣いているように
心細く耳に届く
コオロギよ
まだそこで生きるのか
どこか遠くへ行きたいか

冬の一日目

北風が吹き太陽は雲をマフラーにしている
家のあちこちでカタカタと音が鳴っている
木々がザワッザワッと身を擦《す》りあっている
傾いたコスモスの白色《しろいろ》が頑張って立っている
溜まった雨水が小さな波をたてて光っている
田んぼの蟋蟀《こおろぎ》たちは聴かれなくなったなぁ
季節に置いてきぼりにされた一匹の蟷螂《かまきり》が
玄関先の僅《わず》かな陽だまりでじっとしている
よく見ると一生懸命にこっちを見ていた
私はどうすることも出来ずに立ち竦《すく》み
寒さに言訳《いいわけ》するように家へ逃げ込んだ
夜中　眠る私の耳に届いた風音《かざおと》の中に
あの蟷螂の声がした

春の訪問者

元旦の朝　庭の石ころに
天道虫《てんとうむし》が　チョコチョコ
懸命に動いている
春はまだ遠いのに
今日の優しい陽だまりに
勘違いしたか　寝ぼけ眼《まなこ》で
温《あった》かな寝床を抜け出して
冷えた空気に慌《あわ》てている
丸い石を丸く動く
下から上へ　上から下へ
チョコチョコ動く
それをじーっと見ていると
なんとも健気《けなげ》で愛《いと》おしい
石ころの間に隠れては

……また現れる
何処《どこ》へ行くのか　帰るのか
とにかくこの天道虫が
誰よりも早く一番に
私に春を教えてくれた

二月の風に

軒先でスズメが一羽風宿《かぜやど》り
おなかをプーッと膨らませて
あたまをキュッとすっこめて
まん丸になってじっとしてる
それはまるで毛糸玉みたいで
見ていてとっても可愛《かわい》らしい
よくよく見るとほつれ糸毛《いとげ》が
避《さ》けきれぬ風に小さく揺れる
まん丸お目々も細くなる
お日さま雲にかくれんぼ
お庭の木の枝も裸んぼう
二月の風が吹き抜ける
お空はついに泣き出して
冷たい雪ん子が舞い落ちる

じっとしていた一羽のスズメ
二月の風に飛んでった

梅と雀

梅の蕾《つぼみ》が膨らみかけた
上に伸びた枝の先
兄さん雀が飛んできて
チュンと鳴く
その隣りの枝の先
弟雀が飛んできて
チュンと鳴く
隣りの隣りの枝の先
末っ子雀が飛んできて
チュンと鳴く
三羽の雀が並んで枝の先
あっち向きこっち向き
チュン　チュン　チュン
歌うよう　鳴いている

梅の蕾は微笑《ほほえ》むよう
いっそう大きく膨らんだ

木男（きおとこ）

春一番が吹いて　木男が生まれた
夏に成長した木男は　雲や虹をつくった
秋に木男は　たくさんの果実を実らせた
冬になって雪が降り　木男は透明になった

木男が歩くと　ソヨソヨと緑が揺れる
木男が遊ぶと　ザワザワと嵐になる
木男が恋すると　キラキラと黄や赤に染まる
木男が眠ると　シンシンと雪が積もる

木男が目覚めると　小鳥たちが巣作りを始める
木男が笑うと　子供たちが蝉取りにやってくる
木男が泣くと　夕陽が赤く月と星が黄色に輝く
木男が寂しいと　雪ん子たちが遊びに来る

生きる

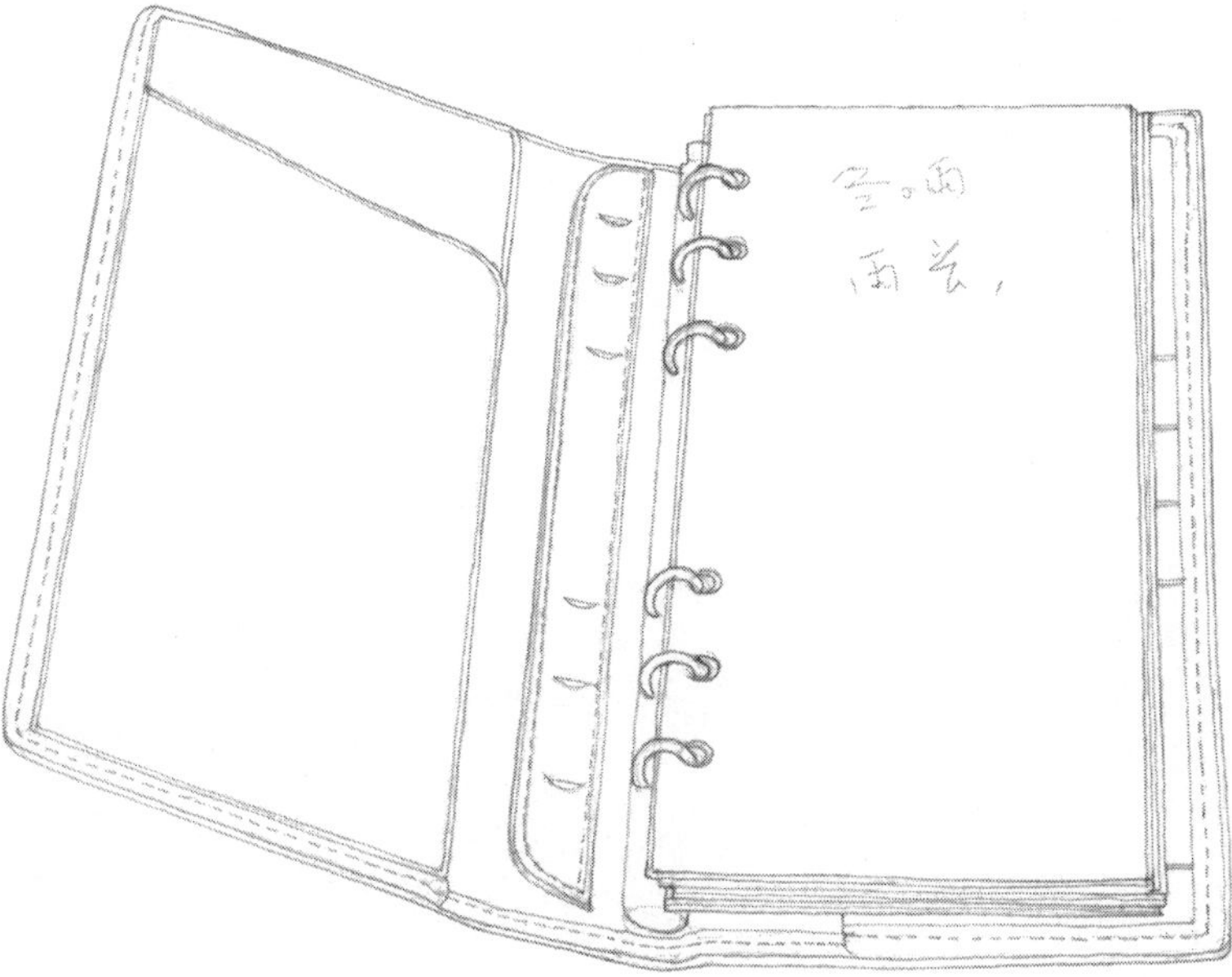

電車の旅

電車の箱の中　席を探して歩く
家族連れ　老夫婦　母と子……
色々な人たちの中を無言で歩く
旅に行く人　帰る人
幸せな人　寂しい人
嬉しい人　悲しい人
色んな心がここにある
色んな偶然が重なって
みんながここに集まった
最初で最後の約束の無い
誰も知らない待ち合わせ
だからみんな知らんぷり
私も知らんぷりで通り過ぎる
箱を出ようとしたその時に

ドアの手前に空《あ》いた席
私も待ち合わせの一人になった

『時』

過ぎた『時』は戻ってこない
来ぬ『時』を待つのはくたびれる
今の『時』とにらめっこ

買い物

スーパーの中を　買い物籠を持って歩く
何を買うか　何を作るか　何を食べるか
頭の中で　忙しく考えている
たくさんの人達と　すれちがう
けれど　誰とも挨拶《あいさつ》もしない
知らない人とは挨拶しない
何を買うか　何を作るか　何を食べるか
頭の中で　忙しく考えている
ただそれだけ　それが大事
こんないっぱいの人達が
こんな偶然に　同じ場所に居るのにね
知らない物同士は　知らん顔
みんなそれでいいのかなぁ

『大切な話』（ひねくれ者の独《ひと》り言《ごと》）

自分にとっての大切な話は
真剣になるほどたいていの場合
相手にとっては面白くない
人は色々で別々で
自分が一番大切だから
みんな自分のことで精一杯
お互いに人の話に耳をかさない
人のそばで独り言のように語っていると
人は何だかとても気になって
知らん顔しながら一生懸命聞いている

ひとり遊び

夜風が涼しく　冷たいくらい
虫の音色《ねいろ》が　闇に震えている
月の光が　私を突き刺す
深々《しんしん》と深々と過ぎゆくこの時
地上の世界でたったひとり
哀れみ苦しんで想い悩む私を
満天の星たちがお腹《なか》かかえて
笑い転《ころ》げる

郵便受け

今日も郵便受けを覗《のぞ》く
何も入っていない
誰からも便《たよ》りはない
当たり前だ
誰にも便りを出していないのだから
それでも郵便受けを覗く
きっと明日もあさっても……
そうやっていつまでも待ち続ける
ただじーっと待ち続ける
誰が先に我慢できなくなるだろう
たぶん　それは寂しがり屋の私

わがまま

私は誰も相手にしない
誰も私を相手にしない
そんな時間がばかばかしい
そんな自分がばかばかしい

誰も私を相手にしない
私がそうさせている
だけど誰かと話がしたい
勝手気ままな私のわがまま

どうしようもない

離れていく人の心はどうしようもない
そうわかっていても　声をかけてしまう
一緒にいた時間を過去にしたくないから
ひとりぼっちになるのが怖《こわ》いから
いいことばかりしか思い出せないから
やっぱり声をかけてしまうのである
すると　もっともっと人の心は離れていく
そんなことばかり繰り返している私である
どうしようもない

パンドラの箱

春に友達と話をしたら
本当の楽しさ知ってしまった
夏に友達と喧嘩《けんか》をしたら
本当の醜さ知ってしまった
秋に友達が恋人になったら
本当の愛を知ってしまった
冬に恋人を失ったら
本当の悲しさ知ってしまった
一番いいのはそんな時間を
全部閉じ込めるパンドラの箱

わがまま

恋しい恋しい
人恋しい
されど私はただ一人
どうすればいいのでしょうか

人恋しさは変われねど
ひとりの楽しさも変わらぬ私
どうすればいいのでしょうか

不安とさみしさの時

摑《つか》みどころのないさみしさの時は
誰かに抱きしめられてその温《あたた》かさに慰められたい
摑みどころのない不安な時は
誰かに抱きしめられてその力強さに支えられたい
そうやって幾時《いくとき》か過ぎれば
またひとりで歩いていけそうに思う
けれど本当はそんな人はいなくて
自分で自分を抱きしめるしかないんだと知る
けれど私はそんなに強くないことも知る
困ったものだと知る

ひとり（喜怒哀楽）

ひとりは嬉しい
ひとりは幸せ
ひとりは面白《おもしろ》い
ひとりは喜び

ひとりは怖《こわ》い
ひとりは嫌い
ひとりは悲しい
ひとりは苛立《いらだ》つ

ひとりは寂しい
ひとりは不安
ひとりは切ない
ひとりは哀《かな》しい

ひとりは心地いい
ひとりは気まま
ひとりは愛《いと》おしい
ひとりは楽しい

誕生日が近づいてくる

誕生日が近づいてくる
そして
誕生日が離れていく
そしたら
また誕生日が近づいてくる

どんなに楽しい時も
どんなに親しい友も
近づいては遠ざかる
みんな同じだね
そんな繰り返しの真ん中で
ひとり私は
じっとしてるか
行ったり来たりか

結論として

自分を自分で抱きしめる
案外それがすべての
結論かも知れないなぁ

どれが本当の自分？

あるときは人の話を聞いて黙っている
あるときは人の話も聞かずに黙っている
あるときは人の話を聞きながら喋《しゃべ》っている
あるときは人の話を聞かずに喋っている
いったいどれが本当の自分だろう
たぶん全部本当の自分だろう
いろんな自分が好きになったり嫌《いや》になったり
それぞれの自分に自分が言い訳《わけ》している
本当の自分ってひとつでなくてもいいよね

空をみていると

ぼーっと空をみていると
自分の姿がみえてくる
心の中がみえてくる
まあるい雲をみていると
まあるい自分がみえてくる
とんがり雲をみていると
とんがりの自分がみえてくる
流れる雲をみていると
生きてる自分がみえてくる
うろこ雲をみていると
みんなの顔がみえてくる
空をながめたその後は
いつの間にか笑ってる

舞台と客席

人はみんな舞台に立ったり
客席に座ったりして生きている
ある時は登場人物を演じたり
またある時はそれを見て
「あーだこーだ」と言っている
その時は色々あっても時間が経《た》てば
次の場面へと変わっていく
登場人物も観客も色々変わる
だけど何処《どこ》で何をしていても
自分の役は一生懸命演じたい

一番楽しいことってなんだろう

一番楽しいことってなんだろう
旅をする　友だちに会う
絵を描く　音楽を聴く
ポストの中の手紙　窓の外の雨
夕焼けを見る　お酒を飲む
金木犀《きんもくせい》の匂い　蜩《ひぐらし》の声を聞く
厚揚げを食べる　雪を見る
ストーブのそば　星を見上げる

……………………………

そうだ楽しいことには三つある
楽しいことを待っている時間
楽しいことをしている時間
楽しかったことを想う時間
三つの楽しさがつながると
一番楽しいってことかな

ひとり佇《たたず》む

私は誰を待っているのか
私は何を待っているのか
自分でもわからない
まして他人にはわからない
来るはずのない人を
来るはずのない便《たよ》りを
それが誰であるかも
それが何であるかも
わからないけれど
私は待っている
きっと誰かが
きっと何かが
私を待っているから
だから私は待っている

その時までしっかりと
ひとり佇む

生きる

何故《なぜ》か思い出すのは楽しいことばかり
でも本当は辛《つら》いことといっぱいなのに
不思議だね……
みんなパンドラの箱を持っていて
その中に嫌《いや》なことは全部押し込んで
蓋をしたら忘れてしまって
だから生きることは楽しいことばかり

幸せ半分ずつ

半分ずつの幸せがいい
みんな　ビンにいっぱいの幸せを持っている
ちょっとずつ幸せ使うと良いと思う
半分ずつ使うと幸せの時間は倍になるからね

感覚

生きていく感覚と
楽しむ感覚がある
生きていく感覚は
持って生まれたもので
変えようがない
楽しむ感覚は変化する
そこがおもしろい

人

人は何んと勝手なんかなぁ
感情というやっかいなものがあるけん
人は何んと美しいんかなぁ
感情という愛《いと》おしいものがあるけん
人はやっかいで美しい
面倒《めんどう》やけど面白《おもしろ》い

人に出会う

今日はたくさんの人に出会った
誰にも出会わない日もあれば
今日のように行く先々で
色々な人に出会うこともある
お互いの偶然と偶然が重なって
同じ時間と同じ場所に居合わせる
お互い気づくのもまた偶然
人に出会うと一人でいる時の自分が
せせこましく思われるから不思議
人に出会うとお腹《なか》の中まで陽が射して
グチャグチャ考えがパッと消えて
空っぽになってとても元気になる
嫌《いや》なことや疲れることもあるけれど

良い事は同じかそれ以上にある
良い事は嫌な事を忘れさせてくれる
人に出会うと良い事だけが記憶に残る
だから人に出会った分だけ元気になる

人を好きになるということ

人を好きになると
ワクワクして明るい心持ちになる
そんな時間が一番楽しい
けれど突然終わりが来て
人が心変わりして離れていく時
シクシク心が締め付けられて辛《つら》い
そんなことがあった後は必ず
人を好きになることに臆病になる
でもしばらくするとまた
人を好きになりたいと思う

『友だちと』

友だちと
『こんにちは』
『元気？』
『ありがとう』
『またね』
なんでもないけど
すごくいいね

あいさつ

あいさつはこころのノック
あいさつはしなくてもすむが
こころの扉はしまったまま

あいさつはこころの言葉
あいさつはしなくてもすむが
こころの声が聞こえてこない

あいさつはちっとも難しくない
たった『ひとこと』言えばいい

あいさつはこころの握手
止まっていた風が動き出して
こころの扉が開かれる

心の糸

心の糸は
いろんな人と結ばれる
それは蜘蛛《くも》が糸を張る様《よう》に
ゆっくりゆっくり結ばれる
心の糸は
太くなったり細くなったり
見えたり見えなかったり
色々だけど色々だから面白い
心の糸は
慌《あわ》てて結ぶと
すぐに縺《もつ》れたり切れたりする
糸はもう元《もと》には戻らない
心の糸は
ゆっくりゆっくり結ばれる
そしてずっと繋《つな》がっていく

やさしさ

本当に弱くなった時
本当のやさしさを知る
何の嘘もないやさしさを

気づいたこと

世界で一番の弱虫になった時
小さな声や心が私を助けてくれた
大きな「ありがとう」を感じた

神様の授業

私は神様の授業を受けている
当たり前の生活が授業になった
朝起きて顔を洗う　朝ご飯を食べて
歯磨《みが》きをする……
夜にベッドに入る……ずっと続く

神様の授業（繰り返しの繰り返し）

寒さに凍えて震えた分　人の温《あった》かさを教えてくれる
涙を流して辛《つら》かった分　小さな幸せを教えてくれる
いつも逆さまにならないとわからない
逆さまはとっても大事な神様の授業
だけど時間が経《た》てばすぐに忘れてしまう
だから逆さまは何度も繰り返しやって来る
仕方《しかた》ないよなぁ………だって
嫌《いや》な事は忘れてしまいたいし
良いことばかり思っていたいもんなぁ
神様の授業はまだまだ続く

にらめっこ

ふたつの大きな病気と
ジーーーーッと
ジーーーーッと
にらめっこ！
負けないぞ！

初夏

緑が動く　ゆっくりと　ゆっくりと
雨に濡れた緑は　その色を深くして
ゆっくりと　ゆっくりと……風になる
久しぶりに自然の中で見る木々の風景は
命の音を　力強く私の心に届けてくれた

窓から

朝目覚めると窓に　円い光る目がいっぱい
雨粒《あまつぶ》たち……みんな私をのぞいている
私ものぞいてにらめっこ
雨が見える　風景が見える
雨粒たちが自然をそばに運んでくれた
とてもとても嬉しくなった

盛夏を前に

遠く南の空に入道雲が現れた
近くの山の緑色が
いつの間にか濃くなっている
季節はもうすぐ夏の真ん中
最初にベッドから見た風景は
静かで無彩色な冬景色だった
時間はいっぱい過ぎている
命と向き合い季節と向き合う
光と色が輝き強く元気な風景
負けないぞ

病院で思ったこと

駐車場まで車の行列
長い時間並んで待って
やっと入《はい》れた

受付窓口は人の行列
長い時間並んで待って
やっと終了

診察室前は患者でいっぱい
長い時間並んで待って
やっと先生に会えた

命の出口への人の行列
長い時間並んで待って

それでも　まだまだ
いつまでも　ずーっと
長い時間並んで待っていたい

十人の看護婦さん

入院の日

十人の看護婦さんがいた
五人は良い人だなぁと思った
五人は嫌《いや》な人だなぁと思った

退院の日

十人の看護婦さんがいた
九人は良い人だなぁと思った
一人は嫌な人だなぁと思った

しょうがないや

しょうがない

ある偉い人が言った
「人を嫌いになったことがない」と
私にはとても出来ることではない
私には嫌いな人がいっぱいいる
私は偉い人にはなれないだろう
人を嫌いになったことがないなんて
不思議で不思議でたまらない
けれど……人を嫌いになることは
決して悪いことではないように思う
何故《なぜ》ならね
自分に正直に生きてると
好き嫌いは自然に生まれてきてしまう
だからだから
しょうがない

もう怒ることはやめよう

もう怒ることはやめよう
怒るほど損なことはない
せっかくのこの命の中で
怒ることはどんなに詰《つま》らないことか
どんなに心を小さく硬くしてしまうことか
体のエネルギーがどんどんなくなって
いいことなんて何もない
何と言っても時間がもったいないよね
そうはわかっていても
時々嫌《いや》なことに我慢できずに
気がつくと怒りん坊になっている
もう怒ることはやめよう
そういつも自分に言い聞かせている私です

生きる

今　生きるにおいて大きな問題がなければ
今　生きるにおいて大きな邪魔がなければ
小さなことはどうでもいいよね
毎日どうしようかと考えることは
大抵《たいてい》は小さなことだよね
だからそれは急がず無理せず横に置いて
立ち止まらずにみんなで笑って
歩いていきたいね

わからないことは考えない

わからないことは考えない
わからないことを考えても
わからないことはわからない
そんなことわかっていても
立ち止まってしまった時に
わからないことを考える
すると心の中が
わからないことで一杯になって
重たくて動けなくなってしまう

だから立ち止まらずに
わからないことは考えない
そうすれば
心の中は空《から》っぽになって
命の風が入ってくる

運命の流れ

その流れを無理にこっちに向けようと
その場限りに変えようとしても
それは自然に逆らって良くないよね
そんなことしたって大きな流れは変わらない
その流れがいつか思う方向に動き出した瞬間を
捉《とら》えることができるかどうかが大切なんだよね

『時』　「何もしない」が一番いい

じっとして
「何もしない」が一番いい
身体《からだ》だけでなく心も
「何もしない」が一番いい
そうしていると　いつか
何かに身体も心も動かされる時が来る
そしたら
一生懸命するのがいい

自然に

自然に逆らわず
自分に逆らわず
生きていければいいな

あるがままに

風が吹いたら　立ち止まり
雨が降れば　体を潤《うるお》し
陽射しを浴びて　身を温《あたた》める
そして　また
風が吹いたら　先へと歩む

そうやって生きて行きたい

今日は昨日のまま……

今日は昨日のまま……
昨日とおんなじ風景がここにある
昨日とおんなじ時間がここにある
多分　明日も今日のまま……
幾つかの人や建物入れ替わっても
すぐに馴染《なじ》んでおんなじになる
私がいてもいなくても
誰がいてもいなくても
何があろうとあるまいと
昨日と変わらない今日が来て
今日と変わらない明日が来る
だけど私はこう思う
私がいるのは今日であって
おんなじ日なんて無いんだと

変わらない風景

今日が昨日になっても
季節が移り　年が行《ゆ》けども
そこに道があり　そこに街がある
向こうには山があり　空がある
いつものざわめきが耳に届き
人や車がいつものように行《い》きかう
登場人物が入れ替わろうとも
少しばかりの背景が変わろうとも
誰も気づかないいし　問題にしない
ただ時だけが正確にゆっくりと
進んでいることを除いては
昔からずーっと変わらない風景が
在《あ》り続けている
そんな中のほんのひとコマに

私は泣いたり笑ったりして
生きている

今日

今日は　明日になれば昨日になる
明日は　明日になれば今日になる
けれど　今日は今日である

昨日を思う時間と　明日を考える時間と
どっちが長いだろう
それよりも　今日の時間を長くしたい

昨日は　色んなことがあった……後悔と納得
でも　だんだん遠くなっていく

明日は　どんなことがあるのか……期待と不安
きっと　すぐに近づいてくる

今日は　油断すると　すぐに　通り過ぎて
いつのまにか　今日ではなくなってしまう

生きるということは今日を生きるということ
今日という時間の短さと大切さに気がつく
愚かだった自分に腹が立ち地団駄《じだんだ》を踏む
こんなことを思っている今この時さえ……

今日という時間の尊さ愛《いと》しさ
今日いる人に会いたい　今日の風を感じたい
今日の業《わざ》に集中したい　今日の時に感謝したい

ふっと　空を見あげると雲がゆったりと
夕焼け空を歩いている
大きく　ふーっと　深呼吸……

『今日』を生きる

今のこの時が愛《いと》おしくて

今のこの時を過去にしたくない
目をつむればすぐに過去になる
見つめていれば過去にはならない
だからこの時をずっと見つめている
今のこの時が愛おしくて

少し微笑《ほほえ》む

耳を澄ますと　命の音が聞こえる
人の声　鳥の囀《さえず》り　風景の囁《ささや》き
見上げると　命の色が見える
雲の白　空の青　山の緑
やさしい陽射しが　私をつつむ
春の匂い　命の匂いがする
穏やかな午後に　少し微笑む

春に思う

遠く外国の空の下
今も戦いの音がしている
同じ空の下　同じ地にあり
同じ時に命を持ちながら……

窓を開けて空を見上げた
うす水色の晴れた空
あちこちと小鳥たちの囀《さえず》る声が
線香花火のように耳に届く
目を野にやれば
緑が元気に背伸びを始めて
黄色い花たちがいっぱいに
手を振っているのが見える
風は優しく頬に挨拶《あいさつ》して

太陽は冬に震えた身体《からだ》を
温《あたた》めてくれている
沈丁花《じんちょうげ》の甘い香りに誘われて
窓の下に目を落せば
小さな蜂が花とじゃれている

同じ空の下　同じ地にあり
同じ時に命を持ちながら……
遠くでは何故《なぜ》戦うのか
ここに戦いなんて来ないよね
この窓の季節の風景が一瞬
幻に見えて……震える
何んとかしてみんなで一緒に
季節に遊ぶことができればね
どんなにいいだろうね

深呼吸

ふーっと　ひとつ深呼吸
頭と胸とお腹《なか》に空気が入って
とても素直になれるのです
身体《からだ》が透明になって　軽くなって
ふんわり浮き上がりそうな心もち
もしも森の湖にその姿を映したら
きっと血液はきれいな水に変わって
私の身体は森に溶け込み
自然の一員になれるでしょう

『生きる』

幾重《いくえ》にも絡《から》み合った糸を握っている
糸の数は時間とともに増えて絡まる
それをゆっくり解きほぐして
まっすぐ伸びる糸だけ手繰《たぐ》っていく
そしてゆっくりゆっくり歩いていく
先を見て急いでみても
手元の糸は余計に絡まって
手繰る糸が見えなくなる
だからゆっくりゆっくりが一番いい
糸はずーっと続いているよ

思い出

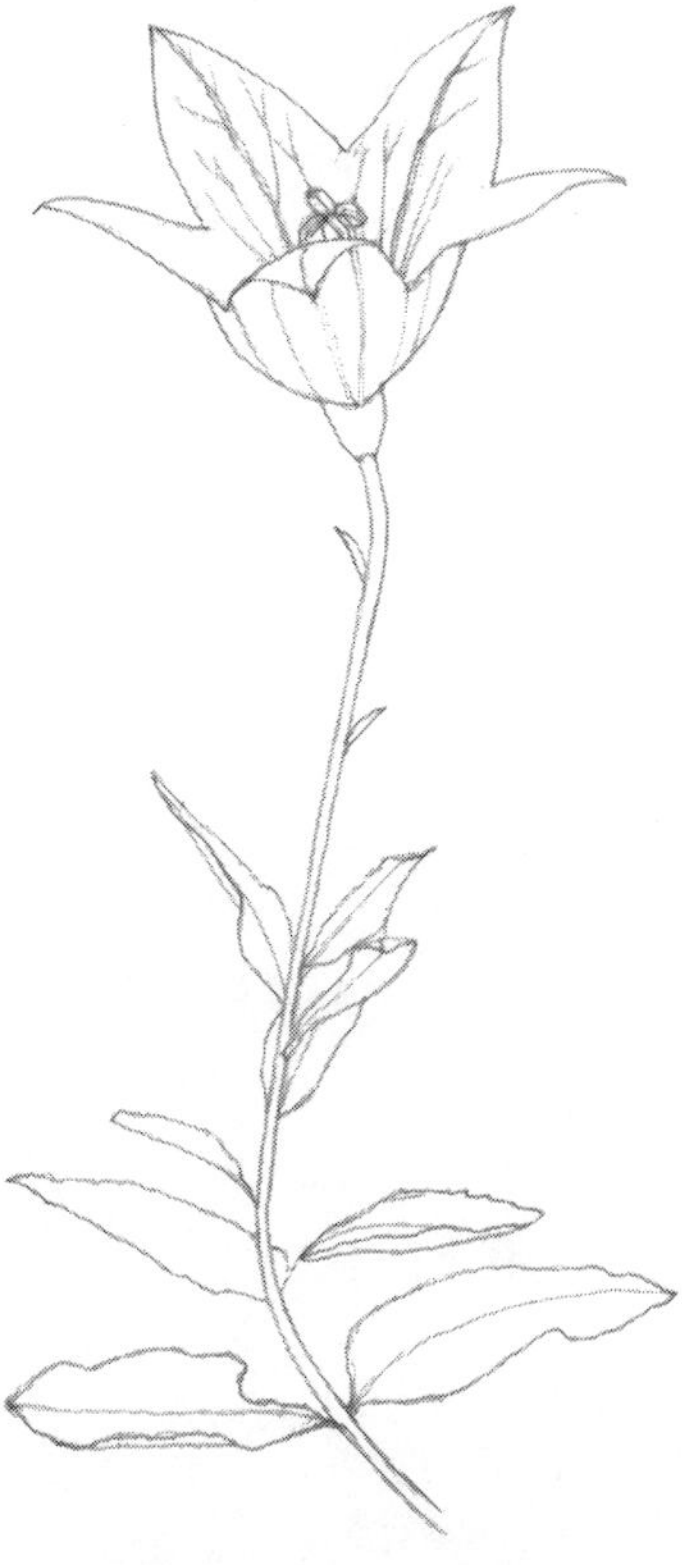

水撒《ま》き

庭に水を撒く
土の匂いと一緒に
遠い記憶が蘇える
門の外　小さな川が流れる
その左のちょっと先に柘榴《ざくろ》の木
ずーっと向こうはつきあたりで
駄菓子《だがし》屋の飴《あめ》屋がみえる
ふりかえった反対の向こうには
広い西の道がある
そこまでに幾つかの畦《あぜ》道があって
いつも土の匂いがしていた
急に風が吹いてきた
ジョロを持つわたしは
記憶の続きに
また水を撒く

夏色

子供の頃　夏休みのラジオ体操
朝顔の青紫　庭いっぱいに拡がる
一斉《いっせい》に蝉の大合唱　陽を急《せ》かす
朝から風景は黄色いっぱいに輝く

昼に風が止まった
しーんとした音の記憶
氷屋の鐘が小さく風景に揺れた
暑さと睨《にら》めっこしているように
木々の葉は風景を白く照り返す

夕方　雨の匂いする一筋の風
窓からすーっと入ってきて
汗っかきの私をそっと慰める
風景は静かに赤紫に染まった

夏色の思い出

夏休み　夜明け前に早起き
素足に冷《ひ》んやりツユクサの花
鶏小屋から「コケコッコー」
朝の音に思わず　見上げた空
あの群青色《ぐんじょういろ》　忘れられない

神社の境内　降る様《よう》な蝉の声
空蔽《おお》ういっぱいの木々の葉が
暑い光に白く溶けるよう
脱いだ麦わら帽子に赤とんぼ
妹がアイス持って走ってきた

日暮れて祭りのあかりが灯《とも》る
蛙の鳴くあぜ道をかけていく

お神楽《かぐら》の音　かがり火の色
みんなの笑顔火色《ひいろ》が揺らす
夜店の中を夢中で遊んだ

砂糖水の詩《うた》

まだ子供だった頃
夏の西日で染まる誰もいない台所
喉が渇いた私はニタニタワクワク
どんぶり鉢にいっぱいの砂糖と
井戸水をこぼれるくらい入れて
ドキドキしながらかき混ぜた
それを両手でしっかり持って
グイグイゴクゴク飲み干した
冷たくて甘くて実に美味《おい》しかった

中学生になった頃
夏休み　お留守番　誰もいない台所
喉が渇いた私はニタニタワクワク
冷蔵庫の氷とサイダーを独《ひと》り占め

コップにいっぱいこぼれるくらい
ドキドキしながらかき混ぜた
その冷たさを両手で楽しみながら
心ゆくまで何度も飲んだ
世界で一番の贅沢《ぜいたく》者になった

少し大きくなった頃
夏の帰省中　静まり返った台所
喉が渇いた私はニタニタワクワク
冷蔵庫の中は飲み物でいっぱい
オレンジ　リンゴ　ピーチにコーラ……
色んな味を想像して口の中はミックスジュース
とりあえず麦茶をコップに一杯
グイグイゴクゴク飲み干した
なんだかとても満足したっけ

大人になった頃
休日前の夏の夜　一人ぼっちの台所
喉が渇いた私はニタニタワクワク
冷蔵庫の中は缶ビールでいっぱい
部屋中の窓を開け放したら風鈴の音
何処《どこ》からか夏虫の声　空には天の川
遠くに花火の音　懐かしく響いてきた
缶ビールグイグイゴクゴク飲み干した
美味しくて　ちょっぴりほろ苦《にが》かった

今年の夏の初め頃
夕凪《ゆうなぎ》の時刻　まだ灯《あか》りのつかない台所
喉が渇いた私は迷っていた
冷蔵庫の中には氷が三個
欲しけりゃ何時《いつ》でも何でも買えるけど
色んな飲み物飲みたいけど

一番飲みたいものがわからない
裏庭で氷三個ガリガリガリガリ頬張った
僅《わず》かに風が頬に涼しく幸せだと思った

「食パン」

駄菓子《だがし》屋のガラスケース
あんパン　ジャムパン
クリームパン　カステラパンに
揚げパン　三色パン……
色んなパンが楽しげに
いっぱいガチャガチャ入ってた

そんな中　ひとり澄まして
そこにいたのが食パンだった
パンはいつも片手に持って
遊びながら齧《かじ》って食べてた
だけど食パンは違うと思った

朝ごはんにトースターで

食パン焼いてバターつけて
牛乳飲みながら食べてみた
目が青く　鼻が高く　金髪に
だんだん僕は異国人に……

鏡を見るといつもの僕だった
何だかとてもホッとして
何だかとても可笑《おか》しくなった

大人になった今でも食パン食べると
鏡を見る癖が残っている

色褪《あ》せた便《たよ》り

部屋の戸棚の奥の奥
色褪せた便りがそこにあった

もらった記憶もしまった記憶もないほどに
長い時間そこにあった
だけど今日まで傍《そば》にありながら
まったく一度も登場することなく
ただひっそりとそこにあった
その事実は私をひどく感傷的にし
無性《むしょう》にいじらしく感じさせられた

色褪せた便りは全部で五通あった
私は一番上の便りから読み始めた

最初は祖父からの絵葉書
長期入院中だった祖父が
見舞った私宛《あて》に病室で書いた
「ありがとう」の便り
とても嬉しかったんだろうな
小学六年生の時

二通目は唯一もらったラブレター
差出人《さしだしにん》はきっと私の名前なんか
今はすっかり忘れているだろう
けれど私にとっては青春の記念碑
中学卒業の春の時

三通目は妹からの航空便
家族の様子や想いを教えてくれた
いつでもそっと気づかせてくれた

祖父の死を知ったのもこの便り
外国留学中の二十四歳

四通目は母からの手紙
道に迷い佇《たたず》む私の背中を
力強く押してくれた言葉と想い
手を合わせ祈る姿が重なる
一人歩きの三十代

最後は祖母が願い折りたたんだ便箋《びんせん》
『早く結婚してください』と
切に切に綴《つづ》られている
私が四十三歳の時亡くなった
残念ながら今もひとり
『ごめんなさい』
祖母の呆《あき》れた笑顔がみえるよう

読み終えると窓からの夕陽で
五通の手紙は茜《あかね》色に温《あった》まっていた

すぐ傍に今日届いたばかりの
姪《めい》っ子からの暑中見舞い……
「お盆に三つお泊りに行くね」
一緒に大きなひまわりの絵が弾《はず》んでる

それを色褪せた五つの便りの上に乗せ
部屋の戸棚の奥の奥
大切にそっと仕舞《しま》い直した

ぐーっと大きく背伸びをして
部屋を出ながら私は想った

『夕食は何にしようかな』

おまんじゅう

子供の頃　甘い物は宝物だった
甘ければ甘いほど美味《おい》しかった
世界で一番美味しいものは
子供の頃食べた餡子《あんこ》いっぱいの
おまんじゅうだろうな
世界で一番美味しいものを
私だけが知っている
私は世界で一番の幸せ者である

親父《おやじ》の誕生日　八月二十九日

生きていれば　今日は親父の誕生日
十五年位《くらい》前　お寿司を買ってきた時
照れくさそうにムシャムシャ食べていた
わたしが高校生だった頃
王選手が　ホームランを打つのを見て
あ　今日は親父の誕生日だと思った
たったその二回しか憶《おぼ》えてないのに
思い出す　愛《いと》おしい日

桔梗《ききょう》（父の亡くなった日に）

十余年前のある夏の朝に
庭いっぱいの雑草の中で
一輪の桔梗が咲いていた
紫色の花は陽に照らされて
地上の星のように輝いて見えた
一輪ではあったが孤独ではなく
可憐で　風に吹かれながらも
凛《りん》とした強さと気品を持って
こっちを向いて微笑《ほほえ》んで見えた
大好きになって窓辺に摘むと
朝の滴《しずく》がポツリとひとつ落ちた
夕方の陽に背を向けて影は虚《うつ》ろ
月の光の中で項垂《うなだ》れ枯れた
それ以後庭に桔梗は咲かない

時々思い出してはあの桔梗を
摘んだことを後悔した
あのまま庭に咲かせていたら
長く愛《いつく》しめただろうに……と
桔梗は季節がくれば会えるだろう
だがあの一輪の桔梗はもういない
桔梗の季節の頃になると
擦《す》れ違った想いが遣《や》る瀬《せ》無《な》く
あの紫色の美しさが心を刺す

金木犀《きんもくせい》

金木犀が穏やかな秋を演出している
その香りに私は遠い記憶へと誘《いざな》われる

庭の向こうから聞こえてくる笛太鼓の音
稲刈りの後のはじかい様《よう》な籾摺《もみす》りの匂い
油絵で同級生を描いた時のショールの色
下宿へ帰る坂道で私を包んだ大きな夕陽
青いみかんを手にして再会した友の笑顔

……………………………………

冷えた風が私を呼び覚ます
少しだけ優しくなれた私は
過ぎた夏と訪れる冬の間で
季節に寄り添うように
今年の金木犀の香りを愛《いと》おしむ

子供のころ（冬の朝）

学校にむかう朝の道
雪がひかる　赤紫に　青紫に
声がひびく　田んぼに　山に　空に
頬《ほ》っぺたを　冷たい空気がはねていく
白い息　水溜りの氷割り　雪の香り
遠い記憶の
冬の色　冬の音　冬の匂

私の中の小さなクリスマス

子どもの頃　十二月の商店街
薄い柿色した夕方の陽射しが
冷たい北風に小さく揺れていた
街の何処《どこ》かのスピーカーから
ジングルベルが聴こえていた
文房具屋さんのガラス窓は
小さな星のシールが光っていた
肉屋さんの棚の上　雪ダルマと
小さなサンタさんが踊っていた
八百屋さんのラジオから
きよしこの夜が流れていた
マーケットのお菓子売り場
小さなツリーと銀色の長靴が
眩《まぶ》しいくらいに輝いていた

街の小さな音や色が弾《はず》んでいた
外はとっても寒かったけど
身体《からだ》の中はとっても温《あった》かで
大きくすーっと息を吸うと
クリスマスでいっぱいになった

帰り道

素描の授業を終えて
暗くなったいつもの道を歩く
教室の熱気で火照《ほて》った頬に心地よい風
色づいた葉を揺らし　空へと私を誘《いざな》う
立ち止まり　見上げたてっぺんに
オリオンの星たち
そのかたちがとても美しく感じた

三十年……
今もオリオンを見上げると
あの夜の帰り道に私は立っている

潮干狩り

氷菓《あいすくりーむ》　入道雲　蝉しぐれ
花火　かき氷　夏祭り
鬼灯《ほおずき》　打ち水　夕暮れの蜩《ひぐらし》

鈴虫　秋桜《こすもす》　文化祭
一番星　満月　うろこ雲
柘榴《ざくろ》　無花果《いちじく》　曼寿紗華《まんじゅしゃげ》

高い空　稲刈り　笛太鼓
団栗《どんぐり》　青蜜柑《みかん》　運動会
柿　銀木犀《ぎんもくせい》　金木犀《きんもくせい》

花梨《かりん》の実　遠足　夕焼け小焼け
夜更《よふ》かし　読書　鈴懸木《ぷらたなす》

銀杏《いちょう》　小春日和《こはるびより》　紅葉《もみじ》狩り
火鉢　炬燵《こたつ》　石油ストーブ
手袋　陽だまり　大掃除
きよしこの夜　餅《もち》つき　除夜の鐘

年賀状　餡《あん》入り雑煮　お年玉
凧《たこ》揚げ　双六《すごろく》　三学期
どんど焼き　成人式　福寿草《ふくじゅそう》

節分　大雪　雪うさぎ
受験　蝋梅《ろうばい》　氷の水溜り
白い息　紅白梅　三寒四温《さんかんしおん》

桃　土筆《つくし》　雛《ひな》祭り
百舌鳥《もず》　野芥子《のげし》　連翹《れんぎょう》

桜　待雪草《すのーどろっぷ》　仰げば尊し

入学式　出会い　菜の花
薺《なずな》　蒲公英《たんぽぽ》　田んぼの匂い
蓮華《れんげ》　黄緑色　霞《かす》む景色

柏《かしわ》餅　菖蒲《しょうぶ》　子どもの日
新緑　麦秋《ばくしゅう》　雲雀《ひばり》の囀《さえず》り
躑躅《つつじ》　燕《つばめ》　中間テスト

雨音《あまおと》　紫陽花《あじさい》　蛙の声
虹　梅雨《つゆ》の晴れ間　誕生日
川音　田植え　水鏡

夕立　向日葵《ひまわり》　麦わら帽子
七夕《たなばた》　夏休み　蚊取り線香

西瓜《すいか》　海水浴　天の川
ザルに残った貝たちはひとつひとつ
私の大切な記憶の色やかたち
わたしの生きたしるし
潮干狩り

子どもとわたし

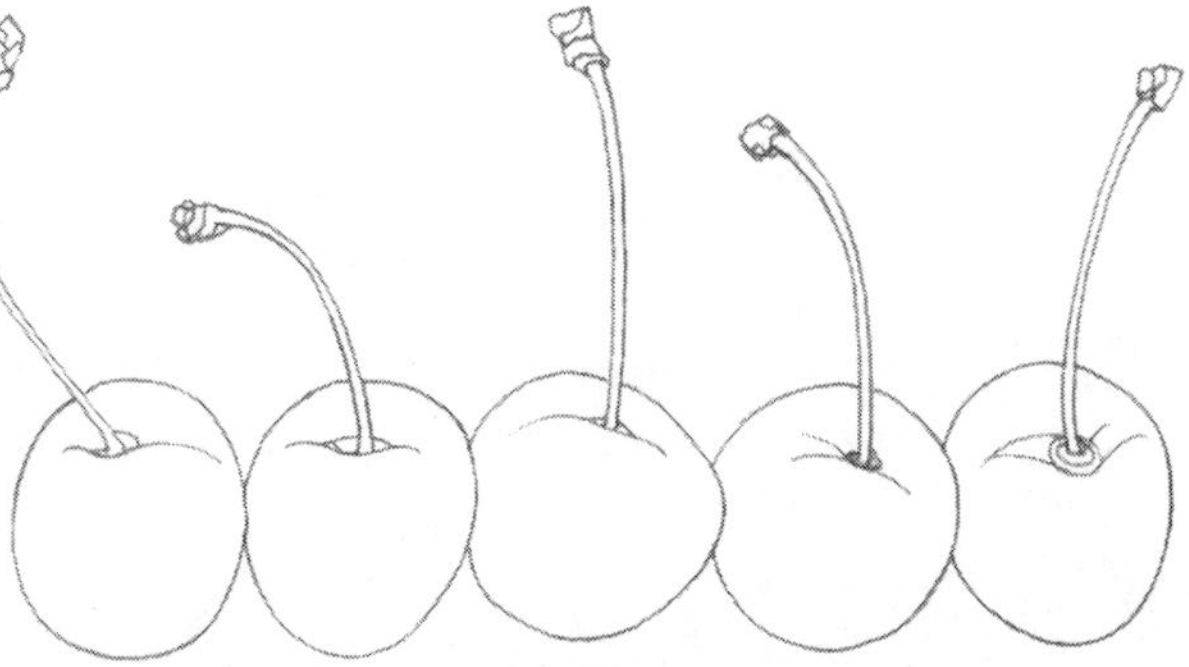

遠い遊び

ち・ょ・こ・れ・い・と・・・
ぱ・い・な・っ・ぷ・る・・・

一人でもできる
二人いるとおもしろい
もっといると・・・・
もっとたのしい

只今《ただいま》……勉強中

日曜日の朝　ちょっぴり早起き

只今……勉強中

『えっと……垂直二等分線は……』

お昼から　友達と約束

もう少しがんばろ！

スイカ

小さな子どもが腕いっぱいに
大きなスイカを抱《かか》えて笑ってる
黒い種がいっぱいある赤い実を
一生懸命口あけてガブリと齧《かじ》る
モグモグ甘くてみずみずしくて
とっても美味《おい》しくてたまらない
口の中　種がカチカチモゾモゾ
ちょっと面倒《めんどう》くさくて嫌《いや》だけど
ぺっぺと飛ばせばへっちゃらさ
ガブリ　モグモグ　ぺっぺとね
何度も何度も繰り返すうちに
大きなスイカなくなっちゃった

夕立

それは朝から始まった
お陽さんどんどん照りつける
屋根はどんどん撥《は》ねかえす
お陽さん「負けるもんか」と照りつける
屋根も「負けるもんか」と撥ね返す
それが日暮れまで続いたら
「いい加減にせんか」と雷さん
ピカピカゴロゴロ怒り出す
お陽さん雲に押し込めた
屋根にいっぱい水かけた
朝から見ていた軒下の蛙は
とってもも喜びグェーログェロ

コチコチコチ

いつも時計はコチコチコチ
同じ音　同じ速さで動いてる
けれど私が急いでいたら
時計はとても駆け足になる
そして私がのんびりしてたら
時計はとてもゆっくり歩く
不思議だな
時計は何も不思議じゃない
不思議は私
時計のそばでドタバタしてる

いつも時計はコチコチコチ
同じ音　同じ速さで動いてる
けれど私が楽しい時

時計は大きな音でどんどん進む
そして私が寂しい時
時計は小さな音でそーっと刻む
不思議だな
時計は何も不思議じゃない
不思議は私
時計のそばでドキドキしてる

トンボと私と巨人と……限《きり》のない話

トンボが飛んでいる
大きな池でスイスイと
あっちの岸からこっちの岸へ
行ったり来たり

それを見ている私なんか
飛行機に乗って
あっちの国からこっちの国へ
行ったり来たり

宇宙から見ていた巨人は笑う
大きな船に乗って
あっちの星からこっちの星へ
行ったり来たり

お月さん

見上げるお月さん
お月さんの中に模様が見える
楽しい模様　どこから見ても
同じように見えるのね
日本中　世界中のどこから見ても
同じお月さんを見ることができる
だけど
日本中　世界中のどこから見ても
お月さんの向こう側の模様は
お月さんの反対のお顔は
誰も見ることはできないのね

夏の夢物語

時計の針はお昼の十二時
約束の夏がやって来た
海は虹色に輝いて
世界中の海はひとつになった

大きなクジラのお船がやって来た
とびっきりの笑顔がいっぱい
世界中の子どもたちが遊びに来たよ
色んな言葉　色んな歌が弾《はず》んでる
波に乗って聴こえてくるよ

海辺の子どもたちは大喜び
スイカ　ラムネ　かき氷
お友だちへ　おやつの贈り物

大きくいっぱいに手をふった

クジラのお船は
虹色花火を打ち上げた
海の花火はシャボン玉
大きいの小さいのいろんな形した
いろんな色したシャボン玉
空と海いっぱいに輝いた

お月様

ウロコ雲たちが
お月様のまわりを泳いでる
お月様と重なって
白く白く輝いた
お月様は笑ってる
明るく白く笑ってる
ウロコ雲たちも笑ってる
見上げる私も照らされて
白く白く輝いた

私は笑って声かけた
「着物とってもきれいでしょ
かぐや姫みたいでしょ」

お月様は笑ってる
ウロコ雲たちも笑ってる
木の上 梟《ふくろう》も笑ってる

秋色のオーケストラ

色んなみんなが集まって
秋色のオーケストラ
どんな風音《かざおと》が聴こえるだろう
どんな景色が見えるだろう
とにかくみんなに会えたのが
なによりとっても嬉しいね
みんな秋色に染まってる
いっぱいの笑顔が奏でてる
秋色の音が聴こえてくる

大根菜《だいこんな》

市場で大根菜をみつけたよ
ちっちゃな葉っぱの子供たちが
袋の中にいっぱい詰められて
オシクラマンジュウしているよ
黄緑色のかわいい大根菜たち
「もうすぐ寒くなるね」と
隣りの里芋さんに耳打ちしてる

十二月

何だか外はザワザワしている
時計はいつものように動いている
窓の外いつもの空がのぞいている
だけど何故《なぜ》かみんなは急ぎ足
あっちに行ったりこっちに来たり
バタバタガチャガチャ動いている
「忙しい忙しい」といっぱい喋《しゃべ》る
そうやって踊る様《よう》に賑《にぎ》やかに
時計までも急《せ》かして騒ぐ

じっと見ていた冬の空
そんなみんなに悪戯《いたずら》をする
北風ピューピューからかって
雨雲ザザーッと驚かす

時々お陽さんニコニコ顔出して
陽だまりつくれば人だかり
そしたら雪ん子たち降りてきて
シンシンシンシン静まり返る

だけどみんなは負けてない
空の悪戯なんのその
スキーに雪合戦　雪だるま
バタバタガチャガチャ動き出す
もっともっと急ぎ足で
もっともっといっぱい騒ぐ
時計もつられて急ぎだす
何だか外はザワザワしている

黒猫のクロ

黒猫のクロは寂しがり屋で寒がり屋
今日はみんなと屋根の広場で
遊ぼうって約束していました

けれどとても寒いなぁ
窓を見ると　雪がひとつ　ふたつ……
お外に出てみんなと遊びたいけれど
ブルブルブル　寒いなぁ
でも気になるなぁ　外の雪　友達……
でもあったかいペチカのそばで……
でもさびしいなぁ……でもあったかいなぁ……
とうとう朝になりました

雪はやんで　とってもいい天気

よいしょっと　窓からお出かけ
わぁーい　みんなもきているかなぁ
屋根の広場には解けはじめた雪ダルマと
みんなの足あとだけが残っていました

『ココアの夢』

星の精はココアがとってもお気に入り
月に腰掛け　大好きな香りが宙《そら》に舞う
甘い香りに誘われて
たくさんの星たちが輝き出す
白に青　黄色に橙《だいだい》　赤色　光る
大きい星　小さい星　願いかなう流れ星

すると冬の星座たち
楽器をもって集まった
ヴァイオリン　ビオラ　ふたご座さん
チェロ　コントラバス　おうし座さん
フルート　クラリネット　こいぬ座さん
オーボエ　ホルン　うさぎ座さん
パーカッション　ぎょしゃ座さん

他《ほか》にもいっぱい集まって
オリオン座さんが指揮棒ふると
はじまる音と光のシンフォニー
星の精……ココアの夢

三人の北風っ子たち

窓の外で北風っ子たちが遊んでいる
身体《からだ》を押し合いオシクラマンジュウ
ヒューヒュー　ヒューヒュー　音してる

窓を開けたら北風っ子たち散らばった
雲やお山やお池にお屋根にかくれんぼ
あっちこっちでピュウピュウ　声してる

お外に出たら北風っ子たち行っちゃった
冷たい息弾《はず》ませて南に向かって鬼ごっこ
ピューヒュル　ピューヒュル　遠ざかる

子どもが笑った

子どもが笑った　わたしも笑った
そしたら子どもは　もっと笑った

子どもが泣いた　わたしも泣いた
そしたら子どもは　わたしを見た

子どもが叫んだ　わたしも叫んだ
そしたら子どもは　耳をすませた

子どもが怒った　わたしも怒った
そしたら子どもは　背をむけた

ランドセル

春が来て
ランドセルが四つになった
お姉ちゃんたちと　いっしょ
ワクワク　ドキドキ
ランドセルがゆれている

うたの　れんしゅう

たんぼの　あぜみち
赤いお花が　ならぶころ
みんなの　まえで　うたいます
とっても　とっても　たのしみで
すごく　ドキドキ　しています
おねえちゃんが　せんせいだよ
うたうから　きいててね
お月さん　赤とんぼ　こがねむし
三つの　おうた　うたいます

いってきまーす

「いってきまーす」
きょうは　おゆうぎかい
いつもより
ちょっと　おすまし……
でも　こころは　ワクワク
おひさまも　おはなたちも
みんな　ニコニコ
「いってらっしゃい」

雨のおでかけ

はやく　行きたいな　雨のおでかけ
黄色いかさ　黄色い長ぐつ
おうちの　まわりを　ひとまわり

田んぼのカエル　のき下のスズメ
シトシト雨と　大がっしょう

葉っぱの下で　それをきいてる
デンデン虫は　気もち良さそうに
いねむり　してるよ

『楽しかったこと』

昨日ね……
父さん　母さん　お姉ちゃんと
海へ行ったよ
浮き輪でいっぱい泳いだよ
砂のとこにね　宝物いっぱいあったよ
キラキラ石や　ピカピカ貝殻
いっぱい　いっぱい見つけたよ

『はい　これ　あげる』

ママゴト（お店屋さん）

いらっしゃいましぇ
なにに　いたしましゅかぁ
ハンバーグ　でしゅね
はぁーい　すこし　おまちくだしゃいませ
しゅぐ　つくりましゅからねぇ
トントントン　コトコト
ジュー　ジュー
あ　ちょっと　たまご　いれましゅねぇ
はぁーい　できました
お待ちどうさま　どうーじょぉ
二百三十円でしゅう
ありがとございました

いらっしゃいましぇ
なにに　いたしましゅかぁ

秋祭り

はじめての着物
お姉ちゃんといっしょ
きれいでしょ
とっても気になる笛太鼓
もっと気になるリンゴ飴《あめ》
うーんと
それとアイスとたこ焼きも

運動会

ねぇ　ねぇ
次やからね
いっぱい練習したから
大丈夫……

がんばるね

見ててね

秋

お姉ちゃんは　たまごやき
わたしは　サラダ
紅葉《もみじ》のごはん　楓《かえで》のデザート
いっぱいつくるね　待っててね
もうちょっとね　待っててね

きみが笑うと

きみが笑うと　こころが温《あった》かくなる
きみが泣くと　こころが冷たくなる
どっちも　こころがキュッとなるけど
ぜんぜんちがう
おんなじこころを　キュッとさせるなら
いっぱい　いっぱい　温《あった》かでいたいね

わたしが笑うと　きみは笑う
わたしが泣くと　きみは泣く
どっちも　こころの鏡みたいだけど
ぜんぜんちがう
おんなじこころの鏡をみるなら
いっぱい　いっぱい　笑っていたいね

夏とにらめっこ

夏とにらめっこしてる君は
ひまわりの花
お日さん笑い出して
君の勝ち
青い空が君をいっぱいに
輝かす

ゆく夏

ねえ　ねえ　みてみて
突然　君の声が弾《はず》む
いっぱいの色が弾む

星たちが輝く　去年よりも明るく透明に
虫たちが奏でる　去年よりも深く繊細に
君が手をふると　涼やかな風が届くよう
おじいちゃんのあの笑顔　今はないけど
今年の花火　去年より　白く輝いている

知らない私

秋の夕暮れにきみは訊《き》く
「うろこ雲　全部でいくつあるん？」
知らない私は夜まで数える

冬の夜空見上げてきみは訊く
「お星さんからも誰か見てるん？」
知らない私は手を振ってみる

春の午後にきみは訊く
「蝶々《ちょうちょ》と菜の花　どんなお喋《しゃべ》りしてるん？」
知らない私は耳を澄ます

夏の森できみは訊く
「虫たち何して遊んでるん？」
知らない私は森の生き物になる

陽だまりの中で

陽だまりの中で
そっと　時が
寄り添っている

陽だまりの中で
君は小さな
紙音を奏で

陽だまりの中で
とても　瞳を
輝かせている

陽だまりの中で
君は夢中で
生きている

チカシ

中学生のチカシに会った
背はグンと伸びていたけれど
笑ったり　考えたり　喋《しゃべ》ったり
その表情はあの頃のまんま
素直で元気でニコニコしている
小学生の時とちっとも変らない
ちょっぴり嬉しかった

久しぶりに会ったチカシの仕草《しぐさ》
ちっとも変わってないけれど
無邪気じゃなくて照れくさそう
少しはにかんで緊張している
子どもと大人の真ん中で一生懸命
少しずつ大人に変身している
ちょっぴり寂しかった

あいうえお

『あいうえお……』
一文字一文字が
絵になって
音になって
五十五の組曲
生まれるといいな

先生とドレミ

先生がドレミを奏でると
心がとっても明るくなる
私がドレミを奏でると
先生はとっても笑顔になる
悲しい時でも　辛《つら》い時でも
ドレミを聴くと楽しくなれる
ドレミは不思議　魔法のスイッチ
先生は
そんなドレミを私に教えてくれた
ありがとう先生
ありがとうドレミ

先生がドレミを奏でると
心がとっても温《あった》かになる

わたしがドレミを奏でると
先生はとっても笑顔になる
泣いた時でも　怒った時でも
ドレミを聴くと優しくなれる
ドレミは不思議　魔法のスイッチ
先生は
そんなドレミを私に教えてくれた
ありがとう先生
ありがとうドレミ

小さな音楽家たち

楽しい音色《ねいろ》
頑張ってる音色
幸せの音色
大好きな音色
ワクワクする音色
ありがとうの音色
嬉しい音色
色んな音色が集まって
一生懸命　夢奏でてる

笑っている顔
泣きそうな顔
怒ったような顔
緊張してる顔

嬉しそうな顔
おどけた顔
ヤッターの顔
色んな顔が集まって
一生懸命　命輝いてる

音の庭（森のコンサートによせて）

たくさんの音がここから生まれる
音は森の冷たい空気を震わせて
緑の風に乗っかって
空高く　お陽さんに挨拶《あいさつ》する
遠くへ遠くへ旅をする
山から街へ　川から海へ
地球をぐるり　そして宇宙へ
お月さんを響かせて光の音となる
そうして音は輝きながら
ここに再び帰ってくるだろう
その時未来の子供たちは
どんな音を聴くだろう
どんな光を見るだろう
さぁ　はじまるよ　夢の物語

小さな庭で繰り広げられる
音と光のシンフォニー

仲南の詩《うた》

菜の花　たんぽぽ　桜咲く
ツツジの丘に　ツバメが遊ぶ
お日さまニコニコ微笑《ほほえ》んで
みんなの瞳に　キラキラ輝く
花溢《あふ》れ彩られる　春景色
楽しさいっぱい　ふる里は春

田んぼの蛙　森の蝉の大合唱
ひまわり畑に　ミツバチが遊ぶ
阿讃《あさん》の山に空いっぱいの入道雲
みんなの声は雷サマまで届いてる
水が光る　星が光る　夏景色
友達いっぱい　ふる里は夏

花梨《かりん》　どんぐり　柿の実生《な》った
稲穂の上に　赤とんぼが遊ぶ
夕焼け小焼けの山道　帰り道
みんなの笑顔が真《ま》っ赤《か》に染まる
森も赤色黄色に緑色　秋景色
優しさいっぱい　ふる里は秋

山茶花《さざんか》に雪ん子たち降りてくる
竹の子山でスズメたちが遊ぶ
耳を澄ますと　聴こえてくるよ
雪の音　鳥の声　森のお喋《しゃべ》り
雪うさぎも聴いている　冬景色
夢いっぱい　ふる里は冬

夢

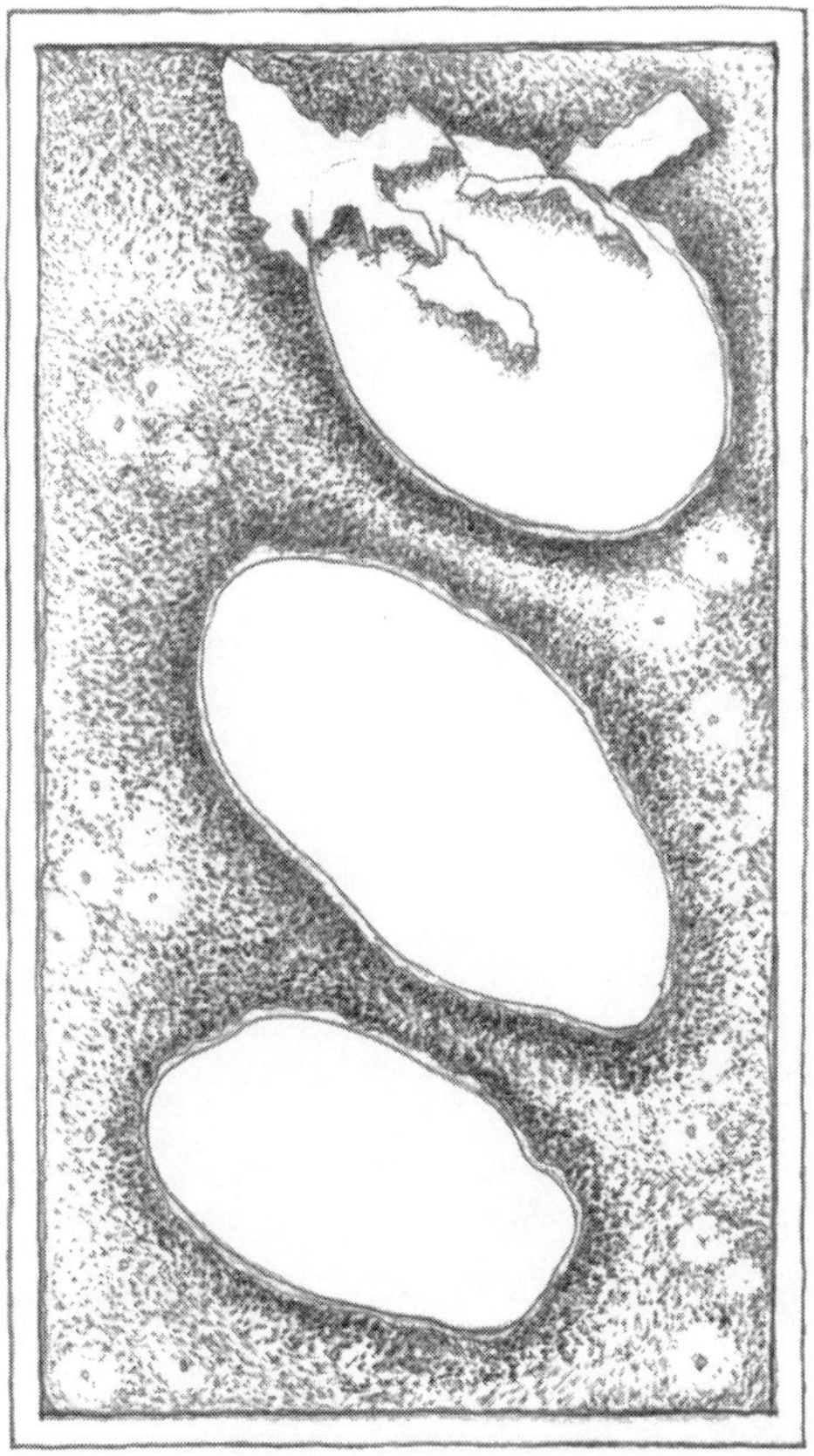

村のポスト

こどもの頃からそこにある
いつもの道の見慣れた景色
地図に示した目印のように
周《まわ》りの風景の主役のように
当たり前のようにずーっと
その赤い箱は存在している
だけど思い出そうとしても
一度も誰かが投函《とうかん》するのを
見た記憶がない　私もない
傍《そば》に近寄ったことすらない
今日箱の前で立ち止まった
見ると午前十時集配とある
本当かな……もしかすると
こどもの頃からのみんなの

手紙や葉書がこの箱の中に
そのままあるんじゃないか

その夜に赤い箱の夢を見た
私は赤い箱をそっと開けた
すると中には手紙や葉書が
いっぱい入っていて驚いた
そっと手に取り読んでみた
それは懐かしい家族の便《たよ》り
はじめて見る曾祖父の手紙
小学生の私が書いた年賀状
学生の頃に届いた父の手紙

色んな便りが私をその時へ
連れて行った

その時の風　その時の音

その時の匂い　その時の色
その時の景色……………
色んな時へ私は旅をした
だけど途中で目が覚めた

その朝　少し優しい温《あった》かい
そんな心もちになっていて
明日の自分へ手紙を書いて
赤い箱に入れてみた

私には大事な場所ではないのだろう
（夢の中で思った事）

すぐそこに四角な建物が完成した
幾何学模様の包装紙みたいな外観で
何の店かわからないけれど
たくさんの人で賑《にぎ》わっている
近くで住む私が知らないのに
みんなはどうやって知るのだろう

以前はここに何があっただろう
それもまったく思い出せない
毎日見ている風景なのに
私の記憶に色も形も何もない
多分新しいこの建物も同じだろう
私には大事な場所ではないのだろう

傘を買いに

ある夏の日　朝から雨で
傘を買うため出かけていった

バス停に行くと
みんな傘をさして並んでいた
『どうして傘をささずに出かけたの？』と
聞かれたから　私は答えた
『傘がないから　傘を買うため出かけたの』
雨が降るから傘を買う
雨が降らなきゃ傘は買わない
心の中でそう思った

バスが来た
みんなは傘をたたんで乗り込んだ

私は立ったまま窓の外を眺めながら
『どんな傘にしようか』と考えていた
だんだん雨がやんできた
お日様も顔をだしてきた
いくつもの停留場を過ぎていき
一人また一人と降りていった
みんな傘を忘れてる

バスを降りてみると　雨はやんでいた
私は傘を買わずに帰ってきた

神様の釣り糸

天から吊《つ》り下げられた
神様の釣り糸を私は持っている
困った時　迷った時　不安な時　辛《つら》い時
そんな時　切なる想いを短冊《たんざく》に込めて
釣り糸にちょいとひっかけ念じると
いつも悪い夢から覚めるように
心は軽くなり安堵《あんど》感に満たされ
運命は思うように明るく開けていく
今までそうだったように
これからもそうであろう……

と思った瞬間に……

これが夢であることに気がついた

夢から覚めながら私は神様の釣り糸を
夢の中から持ちださなければと
短冊に想いを込めて釣り糸にひっかけ念じた……

おかげで今私は神様の釣り糸を持っている
運命は想うように明るく開けていく
今までそうだったように
これからもそうであろう……

と思った瞬間に……

幻の名曲（夢）

私はその歌を歌いながらその歌を聴いていた
郷愁を誘う曲と心に染み入る詩
なんと透明で美しい歌なのだろう

心打たれながら私は知った
その曲も詩も
今この時に私がつくり奏で歌っていることを
そしてこれが夢であることも……

次の瞬間　私は夢と現実の境にいた

このまま目を覚ますとすべて消えて無くなる
詩を記そうとするが　言葉が見えない
曲を残そうとするが　その術《すべ》を知らない

私は喪失感にもがきながら
夢の終わりの空間の中で声なき声で叫んだ……

夢の中の歌は一瞬にして消えてしまい
目覚めた私は唇を噛《か》んだ

枕元ではラジオから昔懐かしい歌が流れていた

空の鳥

空を舞う鳥よ
大きく羽を拡げ
悠々《ゆうゆう》と黙々と
何を思い何がしたいのか
あっちの空　こっちの空で
大きな円を描いて
ずーっと飛んでいる
私はただのんびり見上げていた
しばらくするとちょうど真上で
だんだん小さな円を描きだした
何を見たか見つけたか……
その時見上げる私の視線が
鳥のそれとつながった
私は立ち竦《すく》み声を失った
次の瞬間　目が覚めた

イワン教授の夢

ある日の朝、イワン教授はいつものように四階の研究室に行くためにエレベーターの前にやって来た。すると運良く扉が開いたのでご機嫌《きげん》で乗った。

イワン教授が四階のボタンを押そうとした時すでにエレベーターは動き出していて、あっという間に四階を通り過ぎてぐんぐん上昇していった。チャイムが鳴って扉が開いた……そこは最上階、地上一〇〇階だった。イワン教授は不思議に思った。『大学の建物は確か五階建てのはずなのに。』 けれど最上階はケーキ屋さんだったので、そんな疑問なんかどうでもよくなった。イワン教授は大のケーキ好き。ワクワクしながらチョコレート、苺ショート、チーズ、マロン……何種類ものケーキを注文してご機嫌で食べた。お腹《なか》一杯になったイワン教授は、そこでようやく四階の研究室に行かなければ……ということを思い出した。ケーキ屋さんを出るとそこは展望台だった。何故《なぜ》かエレベーターもなく、下へ戻るには建物の外にある階段を降りなければならない。そしてその階段はというと、手摺《す》りもなくただ板だけが下へと続いていて、まるで空中を歩くようなものだった。イワン教授は仕方《しかた》なく恐る恐る階段を降り始めたが、頭がクラクラして足が震えた。『私は空から落ちてしまうのか？』不安と恐怖で目を閉じた……

その時イワン教授は目が覚めた。

次の日の朝、イワン教授はまたいつものように四階の研究室に行くためにエレベーターの前にやって来た。すると今日も運良く扉が開いたのでご機嫌で乗った。

昨日の不安と恐怖を思い出してしっかり四階のボタンを押そうとしたイワン教授は目を疑った。ボタンは一、二、三階の次は三十一～一〇〇階になっている。途中下車を思いつき慌《あわ》てて三階を押そうと思った瞬間には、もうエレベーターは超高速で最上階一〇〇階に着いていた。エレベーターの扉が開く時、イワン教授の心には二つの想いが「おしくらまんじゅう」していた。昨日味わった二つの味……ひとつは不安と恐怖、もうひとつはケーキの味だった。その時、イワン教授は昨日の経験からこれが夢であることに気づいた。『そうだ、夢なら自分で好きなようにできるはずだ、それならケーキを食べることにしよう！』……そう決断してエレベーターから外へ出て驚いた……空中だった……

そして目が覚めた。

ケーキを食べ損《そこ》なったうえ不安と恐怖を味わったイワン教授は、次の次の日の朝、四階の研究室に向かって板の空中階段をゆっくりと慎重に歩いて上っていた。

ある日の夢

いつもと違う気配《けはい》に起き上がった。村の広場のど真ん中だった。ちょうど村の女たちが私を中心に大きく輪になって盆踊りの練習をしていた。私は慌《あわ》てて立ち上がり輪から抜け出した。誰も私を気にする様子もなく、私を見ているわけでもなかった。私が近づけば場所を空《あ》け、通り過ぎるとまた元《もと》に戻った。振り返ると、何も無かったかのようにみんなは踊っていた。

輪の外側では村の男たちが屋台の準備に忙しくしていた。私は邪魔にならないように早くその場から離れようとした。けれど気持が急げば急ぐほど、足取りが重くなり思うように進めない。だが何とかノロノロと抜け出せた。そんな私を誰も気にする様子もなく、私を見ているわけでもなかった。ただいなくなるのを待っていたようで、後は何も無かったように準備を続けていた。

私は重い足を引きずるようにして村の集会場に来た。たくさんの子どもたちが遊んでいた。ふざけ合ったり、トランプしたり、おしゃべりしたり、お菓子を食べたり、中には寝ている子もいた。私が入っていくと二、三人の子どもがちょっとだけ避《よ》けてくれたので、そこに腰を下ろした。そしてここでも、誰も私を気にする様子もなく、私を見ているわけでもなかった。

私はふと気づいた。広場、そしてこの集会場での私はまるで誰にとっても無用の存在みたいではないか。

私は村中を歩いた。足取りはますます重くなった。

お祭りの準備でたくさんの人が道を行ったり来たりしていた。私はヨタヨタと歩いた。誰も私を気にする様子もなく、私を見ているわけでもなかった。私は恐る恐る声をかけた……「こんにちは」。誰も私を見ないし、返事もしない。

もう私は動けなくなっていた。みんなは私に近づくと、右に左に避けてただ通り過ぎて行くだけだった。

ところが、だんだんとみんなは私を避けなくなってきた。目を疑った………なんていうことだ……みんな私をすり抜けている。私はだんだん透明になっていった……『あ、消えてしまう』……

と思った瞬間、目が覚めた。

雨の日の夢

朝から雨が降っていた。老人は部屋の中、肘掛け椅子の上でウトウトしていた。硝子《がらす》窓からの薄明るい光がユラユラとうつろう様子をぼんやり眺めていると、なんだか時間がゆったりと流れて、まるで夢の中にいるように思えた。そうやって老人は長い時間、現実と夢の真ん中あたりを行ったり来たりしていた。

どれくらいの時間が経《た》っただろう、誰かが囁《ささや》いているような声で目が覚めた。部屋には老人以外誰もいない。耳を澄ますと、声は雨音《あまおと》だった。雨音は歌を奏でていた。

「雨雨降れ降れ……♪」

「雨が降ります雨が降る……♪」

遠い日、こどもの頃によく聴いた色んな歌が聴こえてきた。その声は母さんだったり、よく遊んでくれた近所のお姉ちゃんやともだちだった。とても懐かしい気持ちになりながら、これは夢だと思った。だからもっと夢のつづきを見たくて、夢が消えないように、歌を聴きながらまたそーっと肘掛け椅子の上でウトウトし始めた。

どれくらいの時間が経っただろう、今度は硝子窓を誰かがノックする音で目が覚めた。

「ピチピチコンコン　ピチピチコンコン」

音は雨粒《あまつぶ》たちだった。次から次、硝子窓にやって来てはピチピチコンコンおしゃべりしている。耳を澄ますと、やっぱりみんな懐かしい声ばかりだった。笑ったり泣いたり怒ったり仲直りしたり、遠い昔の忘れていた記憶が蘇った。とてもあったかい気持ちになりながら、これはさっきの夢のつづきに違いないと思った。だから、もっともっと夢のつづきを見たくて、夢が消えないように、おしゃべりを聞きながらまたそーっと肘掛け椅子の上でウトウトし始めた。

どれくらいの時間が経っただろう、誰かが呼んでる声がした。硝子窓を見るとみんなの顔が笑ってる。

「こっちにおいでよ」

硝子窓が開いて虹が入って来た。老人は肘掛け椅子から立ち上がり虹を渡って行くと、そこは空の上。雨粒のみんなは雲に乗って地上に水を撒《ま》いている。老人を見て、いっぱいの笑顔で手を振った。老人も手を振り、「昔のままだね。もう『さよなら』しないでみんなでずーっと遊ぼうね」と声をかけた。

すると、虹も雨粒たちも白く輝いて、透明になって消えてしまった。

老人は肘掛け椅子から転《ころ》がり落ちて目が覚めた。硝子窓からは夕陽が朱《あか》く眩《まぶ》しかった。

アトリエから眺める夕焼け（2013 年 著者撮影）

付録

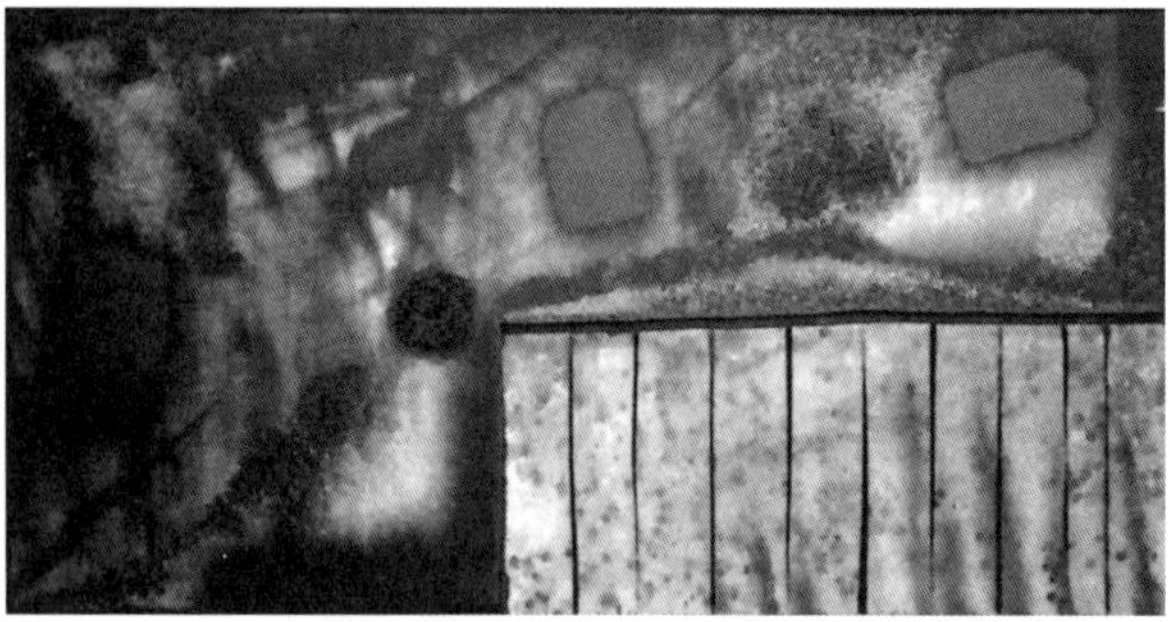

水が土に、長い時間かかって
しみこんでいく。
その空間（風景）は、
深としている。
そこに私は、生きている。

「湿」1995年（90×180cm）

「きみが笑うと」
2001年

「ランドセル」
2001年

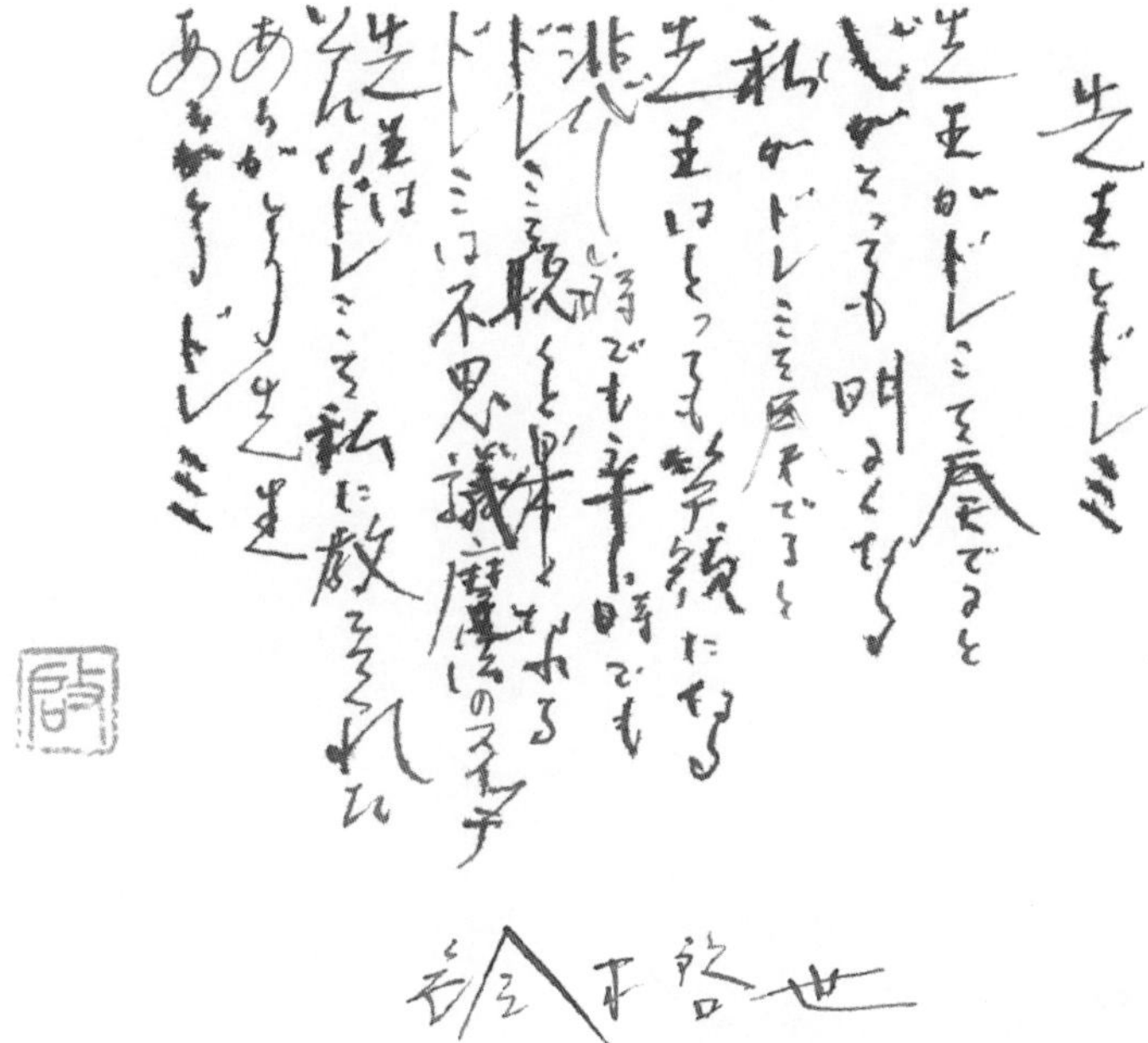

友人の音楽発表会に贈った自筆の詩

「大西昇　森のコンサート創設記念
音響反響板壁画」1999 年

著者（リハーサル中）

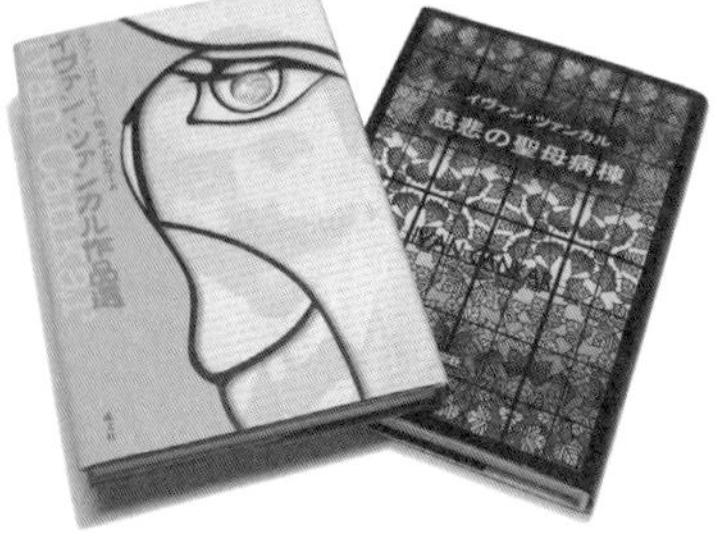

装幀、挿画を担当した書籍
（成文社刊）

「森のコンサート」ポスター 2011 年
（金子みすゞの詩より）

「森のコンサート ロビー展」2008 年
（「使用人イェルネイと彼の正義」）

「森のコンサート」
ポスター 2012 年
（宮沢賢治「セロ弾
きのゴーシュ」）

— アトリエ —

茶葉を焚いて
香りを愉しむ
心が落ち着く場所

愛用の絵の具たち
（オリジナルの色を
詰めたインク瓶）

くもりガラスの向こうは
穏やかな田園風景が広がる
（2011 年 著者撮影）

鈴木啓世　略歴

一九五九年　香川県善通寺市に生まれる
一九八三年　多摩美術大学絵画科油画専攻卒業
一九八四年　リュブリャナ芸術大学大学院美術科修了
一九九九年　「大西昇　森のコンサート創設記念音響反響板壁画」
（旧仲南町町民ホール）制作
一九九九～二〇一二年
「森のコンサート」（まんのう町）舞台美術を担当
二〇〇一年　「森のコンサート・ロビー展覧会」主宰
「小さな命・まなざし」絵画展（旧仲南町）
二〇〇八年　「イヴァン・ツァンカル作品選」装幀、挿画担当
二〇一一年　「慈悲の聖母病棟」装幀、挿画担当
二〇一五年　六月三十日死去　享年五十六歳

再版にあたって

兄が亡くなって五年目に入った年明け、突然舞い込んできた朗報は「もっとたくさんの人に読んでもらえるように詩集を増刷したい」という申し出でした。その方は、偶然目にした兄の絵に興味がわいたことで、この詩集を手に取ることになり、知人を通して連絡をくださったのでした。

思えば、兄の人生は、どれほど温かい友に囲まれていたことか。兄が亡くなった後も、引き続き詩集の完成に向けて編集をしてくれた友。詩集の完成前から、兄の詩の朗読会をしようと声をかけてくれた友。朗読会に集まってくれ、兄の詩に微笑み、また涙してくれた友。そういう方々と触れ合う中で、私がかけがえのない時間を過ごすことができたのは、この詩集を出版できたお陰でした。そんな時間こそ、きっと兄の宝物だったにちがいありません。

そして、口数の少なかった兄が綴ったたくさんの言葉が、今もなお、新たな縁を繋いでくれていることに心が震えるような時があります。今回の再版を提案し、計画してくださった井上博之氏との出会いも、まさにそうした経験でした。

この再版によって、「日々をつむぐ」小さな喜びが繋がっていくことに、深く感謝致します。

二〇二〇年五月二十六日　　三好真理

日々をつむぐ

2016年2月 2日　初　版第1刷発行（私家版）
2020年6月13日　第2版第1刷発行

著　者　鈴木啓世《すずきけいせい》
挿　画　鈴木啓世《すずきけいせい》
編　集　ゴドレール・イヴァン、佐々木《ささき》とも子《こ》
装　幀　三好真理《みよしまり》
発　行　雨粒の会
協　力　井上博之《いのうえひろゆき》
発　売　リーブル出版
〒780-8040 高知市神田2126-1
TEL 088-837-1250　https://www.livre.jp
印刷所　株式会社リーブル

ISBN 978-4-86338-271-8